Jean-Paul Dubois

LE CAS SNEIJDER

ROMAN

Éditions de l'Olivier

TEXTE INTÉGRAL

ISBN 978-2-7578-3002-4
(ISBN 978-2-87929-864-1, 1re publication)

© Éditions de l'Olivier, 2011

à Hélène,
à Tsubaki, Louis et Arthur,
et évidemment, à Charlie, Watson et Julius

« La partie rationnelle de notre cerveau savait que les accidents sont des accidents et qu'ils ne démontrent que le néant absurde de tout ce qui est, pourtant nous voulons plaquer des grilles de lecture sur ce qui nous entoure, nous entrecroisons des lignes vectorisées qui reviennent toujours à nous, au point de départ, en tout cas au point d'appui d'Archimède qui permet de hisser ce monde lourd, confus, encombré, jusqu'à une forme schématique que nous pouvons traiter. »

JOHN UPDIKE

Je me souviens de tout ce que j'ai fait, dit ou entendu. Des êtres et des choses, de l'essentiel comme du détail, fût-il mièvre, insignifiant ou superfétatoire. Je garde, je stocke, j'accumule, sans discernement ni hiérarchie, m'encombrant d'un accablant fardeau qui en permanence travaille mon âme et mes os. Je voudrais parfois libérer mon esprit et me déprendre de ma mémoire. Trancher dans le passé avec un hachoir de boucher. Mais cela m'est impossible. Je ne souffre ni d'hypermnésie ni d'un de ces troubles modernes du comportement solubles dans le Bromazepam. Je crois savoir ce qui ne fonctionne pas chez moi. Je n'oublie rien. Je suis privé de cette capacité d'effacement qui nous permet de nous alléger du poids de notre passé. En le retaillant saison après saison, en lui donnant une forme acceptable, nous nous efforçons de le cantonner dans des domaines raisonnables. C'est la seule façon de lutter contre cette fonction d'enregistrement envahissante et destructrice. Mais quelle que soit l'ampleur de nos coupes, année après année, tel un lierre têtu et dévorant, lentement, notre mémoire nous tue.

UN

Je devrais être mort depuis le mardi 4 janvier 2011. Et pourtant je suis là, chez moi, dans cette maison qui m'est de plus en plus étrangère, assis, seul devant la fenêtre, repensant à une infinité de détails, réfléchissant à toutes ces petites choses méticuleusement assemblées par le hasard et qui, ce jour-là, ont concouru à ma survie. Nous étions cinq dans la cabine. Je suis le seul survivant.

L'accident s'est produit à 13 h 12 précises. Le mécanisme de ma montre s'est bloqué sous l'effet du choc. Depuis ma sortie de l'hôpital je la porte à mon poignet droit. Elle m'accompagne partout, silencieuse, l'oscillateur mécanique à l'arrêt, le balancier et la trotteuse figés, me rappelant, parfois, lorsque la manche de ma chemise découvre le cadran, l'heure qu'il est vraiment et qu'il sera sans doute à chaque minute, jusqu'à la fin de ma vie.

Avant de parler de ce 4 janvier, il me faut revenir sur un événement qui s'est produit le 3 au soir et qui, depuis, ne cesse de m'accompagner comme une ombre qui ne serait pas la mienne.

J'étais dans la cuisine, je préparais des pâtes au

pesto en regardant la neige recouvrir le jardin et former une accumulation cotonneuse sur le rebord de la fenêtre. La télévision donnait des nouvelles qui se diluaient dans l'air chargé des effluves de basilic. Mon attention fut attirée par les images d'un curieux reportage. On y voyait des hommes vêtus de combinaisons blanches, portant des gants de protection, et le visage recouvert d'un masque à gaz, ramasser d'innombrables oiseaux morts dans les rues et sur les toits des maisons d'un petit village. Ces fossoyeurs aviaires saisissaient délicatement les cadavres avec une pince ou du bout des doigts, comme s'ils manipulaient une matière dangereuse, et les glissaient dans des sacs en plastique noirs. La scène se déroulait à Beebe en Arkansas, bourgade peuplée de cinq mille six cents habitants. En tout, on retrouva un peu plus de cinq mille oiseaux écrasés sur le sol. Presque un par habitant. L'hécatombe s'était produite durant la nuit. Les gens avaient entendu des bruits et surtout de violents impacts sur leurs toits. Comme si quelqu'un, dehors, jetait des pierres sur les bardeaux. Certains étaient sortis sur le seuil de leur porte et avaient vu alors tous ces oiseaux tombés du ciel : des carouges à épaulettes.

Au matin il y avait des cadavres partout. Et les habitants, qui s'avançaient avec prudence entre ces étranges alignements, ne savaient que dire ni penser. Il y avait là quelque chose de désarmant, d'éprouvant, qui rappelait *Magnolia*, ce film de Paul Thomas Anderson, dans lequel une pluie de crapauds s'abat sur Los Angeles, sans doute en référence à l'une des dix plaies d'Égypte et à ce facétieux châtiment divin. Mais ici point de batraciens, nulle justification punitive à faire valoir à Beebe, Arkansas, en cette nuit du premier de l'an. Des experts dépêchés sur place émirent l'hypothèse que ces cinq mille carouges à épaulettes avaient été foudroyés par une sorte de choc émotionnel dû à des feux d'artifice tirés dans le secteur. En revanche, ils se montrèrent moins affirmatifs en ce qui concernait le second volet de cette singulière histoire que racontait maintenant le journaliste : le même jour, à moins d'une centaine de kilomètres de Beebe, on avait trouvé cent mille poissons morts flottant au fil de l'eau, sur la rivière Arkansas. Tous appartenaient aussi à une seule et même espèce : les tambours ocellés.

Dans la rue principale du village, les gens se regardaient, allaient puis revenaient, poussaient une bête du bout du pied, levaient de temps à autre la tête vers les nuages, comme s'ils espéraient une explication miraculeuse face à tous ces morts qui tombaient du ciel et remontaient du ventre des rivières.

C'est ainsi qu'Anna me découvrit, immobile devant l'écran, dans cet univers déréglé au cœur de l'Arkansas, comptant les corps des oiseaux, scrutant leur plumage, cherchant moi aussi à comprendre cette chose qui venait de se produire mais qui, de toute façon, n'aurait jamais de sens. Sauf peut-être pour moi. Car, dans leur innocence prémonitoire, ces images de chutes inéluctables me rapprochaient de ce qui m'attendait le lendemain.

– Qu'est-ce que tu fais ?

Surpris et vaguement coupable de je ne sais quelle faute, je ne répondis rien, haussai les épaules et retournai à la préparation de mes pâtes. Je ne ressentais nullement l'envie d'exposer à ma femme les détails de cette histoire, sachant par avance qu'elle n'en ferait aucun cas.

Comme mon père, Anna est d'origine hollandaise. Solidement ancrée sur cette terre, pourvue d'une nature directe et pragmatique qui lui donne une emprise naturelle sur notre vie, elle se targue depuis toujours de savoir ce qui est bon pour nous et ne manque jamais de me le faire savoir. Ce tempérament directif est aussi en partie entretenu par son emploi de cadre chez Bell Canada. Cette puissante compagnie de télécommunications l'a recrutée en 2004 comme responsable du laboratoire de commande vocale, poste plus gratifiant que celui qu'elle occupait en France à cette époque. Elle travaille dans les nouveaux bâtiments de l'entreprise, baptisés Campus Bell, érigés sur l'île des Sœurs, sorte de riche et verdoyante principauté monégasque, implantée en bordure du fleuve Saint-Laurent et à proximité du pont Champlain, à Montréal. Pour futiles qu'elles semblent, ces précisions topographiques auront, le moment venu, leur importance.

À vrai dire, je n'ai jamais rien compris au travail de ma femme, ni à la façon dont elle l'exerce. À chaque fois que je l'ai interrogée à ce sujet, j'ai eu droit à un exposé sibyllin d'où il ressortait – mais je ne jurerai de rien – qu'aux confins d'une courbe asymptotique s'approchent, sans jamais se rejoindre, des notions absconses, telles que la « compétitivité réflexive » et la « solidarité frictionnelle ». Lorsqu'il m'arrivait de lui demander ce qui se cachait derrière un tel sabir et en quoi consistaient vraiment ses recherches en matière de commande vocale, Anna s'exaspérait très vite de mon ignorance du monde technologique et managérial, stigmatisant au passage cet archaïsme borné qui me maintenait à l'écart des *univers à haut potentiel*.

Je ne saurai probablement jamais à quoi peut bien ressembler un *univers à haut potentiel*, sinon qu'il est le plus souvent peuplé de *top managers* et de *corporate leaders* pratiquant, entre autres, la *game theory* et le *joint product pricing*. Je pense qu'Anna éprouve un certain plaisir à me faire sentir que, sur un plan professionnel, nous ne vivons pas dans le même monde. Qu'elle appartient à ce qu'elle croit être une aristocratie postmoderne, alors que je végète dans les limbes de la roture sociale à médiocre capacité. À bien des égards, Anna a raison. Nous ne vivons pas dans des univers miscibles ou compatibles. Lorsque, en cette soirée du 3 janvier, elle me surprit devant l'écran, tandis que, dehors, le tapis de la neige amortissait les rumeurs de la ville, je me sentis tout à fait incapable de lui raconter quoi que ce soit. Et surtout pas que, plus au sud, des milliers d'oiseaux trop émotifs, vêtus de leurs épaulettes pourpres, s'étaient donné rendez-vous aux premières heures de l'année pour mourir dans un endroit qui, jusque-là, avait eu tant de peine à exister.

Je me nomme Paul Sneijder. Je viens d'avoir soixante ans. Mon père, Bastiaan, est né à Scheveningen, petite station balnéaire située dans la banlieue de La Haye, au bord de la mer du Nord. Depuis des générations, les Sneijder fabriquent à l'unité de jolies vedettes fluviales à coque d'acier, dont le faible tirant d'eau leur permet de passer sous les ponts des innombrables canaux qui irriguent la Hollande. Située dans la zone technique du port, la Sneijder Fabriek est une modeste entreprise dont tous les employés, sans exception, appartiennent à ma famille. Mon père fut le seul Sneijder à jamais quitter Scheveningen. Ses quatre frères, eux, restèrent au chantier naval, perpétuant le travail de la tôle, cultivant le goût de la transmission et celui de l'œuvre commune. Sans doute réfractaire à l'appel des brasures, il quitta l'atelier à sa majorité, s'en alla vers le sud, fit par trois fois le tour de la France, puis, comme un chien des neiges qui finit par trouver sa place, tournoya sur lui-même et s'installa à Toulouse où il termina d'apprendre le français, langue qu'il parla jusqu'à sa mort avec un accent batave si prononcé qu'on le prenait souvent pour un Allemand. Grâce à son petit bagage métallurgique, il put très vite décrocher un emploi dans une entreprise de sous-traitance de l'avionneur Latécoère. Ensuite il fut embauché comme chef d'atelier à Sud Aviation qui plus tard devint l'Aérospatiale. Il usina toutes sortes de pièces pour les Caravelle – avion qu'il vénérait en tout point – et même pour les Concorde, dont je l'entendis toujours dire le pire. Il faisait partie des rares employés détestant ce supersonique qu'il jugeait incroyablement disgracieux, bruyant et surtout bien trop compliqué. En matière d'aéronautique, mon père faisait valoir avec orgueil une théorie radicale héritée de son atavisme marin. « Le mieux est l'ennemi du bien », affirmait-il. Et il ajoutait : « Avec ce nez qui monte et qui descend, ce fuselage qui s'étire avec la vitesse comme du chewing-gum, et tous ces autres partis pris techniques bizarres, j'ai vraiment le sentiment qu'on a fabriqué un avion pour faire plaisir aux ingénieurs, mais certainement pas pour transporter des passagers. »

Osant ainsi blasphémer à l'intérieur même de l'entreprise, Bastiaan Sneijder fut longtemps mal noté par sa hiérarchie et critiqué en public par les syndicats. Pour l'épauler sur ce sujet délicat, comme du reste en tout autre domaine, il pouvait compter sur un soutien de qualité, celui de Maria Landes, ma mère, que tout le monde dans le quartier appelait, avec respect, la Doctoresse.

Fille d'agriculteurs ariégeois, sans appuis ni fortune, elle vint à Toulouse dans sa dix-huitième année afin de commencer des études de médecine. À l'époque, elle fut considérée comme une aberration sociale, une insolente provocation en regard d'un ordre patiemment établi, selon lequel, depuis des siècles, dans cette faculté, on se reproduisait de père en fils, en toute impunité et tranquillité. Jamais ma mère ne voulut dire un mot du mépris et du dédain qu'elle avait endurés à la faculté pour mener à bien ses études. Et pas davantage sur la manière dont elle avait réussi à les financer. Elle donnait le sentiment d'avoir enfermé la mémoire de toutes ces années dans un coffre dont elle aurait jeté la clé au fond d'un fleuve lointain. Prisonnière de ses souvenirs, sans jamais s'alléger de quoi que ce soit, elle transporta jusqu'à la fin de ses jours ce lourd fardeau, envahissant et délétère.

Maria Landes rencontra mon père de façon assez logique, pour peu que l'on considère le hasard comme un partenaire attentif et bienveillant dans l'ordonnancement de nos existences. L'histoire est toute simple : Bastiaan Sneijder, lequel, en bon Hollandais, mit un point d'honneur à se déplacer toute sa vie à vélo, fut, ce jour-là, renversé par une voiture et transporté aux urgences de l'hôpital Purpan où ma mère l'attendait de toute éternité. Elle recousit ses plaies, remit de l'ordre dans son humérus droit et trouva du charme à ce patient batave qui parlait comme un Bavarois et qu'elle épousa l'année suivante, peu de temps avant d'ouvrir son cabinet dans notre appartement et de devenir pour nous tous, et pour l'ensemble du quartier de la Colombette, la Doctoresse.

Mon père me fit souvent part de l'émotion qu'il avait ressentie le jour où il avait lui-même fixé, sur le pilier du porche, la plaque de cuivre professionnelle de sa femme, sur laquelle on pouvait lire : « Maria Sneijder, médecine générale, consultations de 14 heures à 19 heures. »

C'est entre cet homme et cette femme, simples et bons, affectueux et lucides, que je grandis, dans un appartement silencieux auquel seul le discret va-et-vient des malades paraissait donner un peu de vie. Je me sentais orphelin d'un frère ou d'une sœur que je n'avais jamais eu, n'ayant pour compagnon de chambre qu'un bengali qui mourait régulièrement d'ennui dans sa cage, et que mon père s'entêtait à remplacer comme si de rien n'était.

Il me semble que cette enfance-là a duré des siècles. Pareilles en tout point, les journées se succédaient dans une douceur fade et confortable. Je pourrais dire que je me souviens de chacune d'entre elles. Du cliquetis des radiateurs de fonte, en hiver, quand la chaudière se remettait à chauffer. Des timides coups de sonnette annonçant l'arrivée des patients, et du double ou triple claquement de la porte d'entrée voilée qu'ils ne réussissaient pas à refermer en repartant. De l'incroyable odeur du cabinet de ma mère, dominée par des effluves camphrés et autres émanations de médicaments moins identifiables. De la cuisine qui, elle, ne sentait que très rarement la cuisine, sauf lorsque mon père décidait de préparer une de ses terrifiantes *erwtensoep*, sorte de soupe de pois compacte, accompagnée de saucisses, de pieds de porc et de lardons qui vous laissaient pour mort. Il y a tant d'autres choses que je n'ai pas oubliées, comme ce cendrier de cristal posé à l'angle du bureau de la Doctoresse, puisque alors médecins et patients fumaient de concert pendant la consultation.

Toutes ces choses inutiles et volatiles sont là, si présentes, si vivantes que je pourrais presque les toucher, les tenir dans le creux de la main et les regarder longtemps, comme on admire la fragile maquette d'un monde endormi.

Je me souviens aussi qu'à cette époque je pris vaguement conscience que ma solitude se doublait de celle de mes parents. En dehors de leur travail, ils ne voyaient presque pas d'amis et ne recevaient personne. Ce que je crus comprendre alors, c'est que les classes sociales étaient on ne peut plus étanches. Et qu'en conséquence les médecins n'allaient que rarement dîner chez les ouvriers. Et mon père en était un. Était-ce en raison de ses origines modestes, de ses difficultés à terminer ses études, que ma mère n'osa jamais briser ce tabou ? En tout cas aucun confrère ne vint jamais partager notre repas à la maison.

Au fond, je suis convaincu que ni Maria ni Bastiaan ne souffrirent de ce ridicule état des choses. Durant toutes ces années, l'une se contenta d'effectuer ses consultations, l'autre fut ravi d'usiner en maugréant, et, le reste du temps, ensemble, je crois qu'ils s'aimèrent.

Je ne dirais pas que ma vie sentimentale fut aussi simple et harmonieuse. J'ai même souvent la certitude qu'elle oscilla en permanence entre chaos et confusion. Je me suis marié deux fois. Ce qui ne prouve ni n'infirme rien de ce qui précède. Ma première compagne avait un prénom aussi délicat à énoncer qu'à porter : Gladys. Gladys Valence. Je parle d'elle au passé car elle est décédée en l'an 2000, pendant la nuit de la Saint-Sylvestre. On la retrouva morte au volant de sa vieille voiture décapotable, avec plus de trois grammes et demi d'alcool dans le sang. À la suite vraisemblablement d'une fausse manœuvre, le véhicule avait glissé dans les eaux glaciales d'un étang et s'était enfoncé jusqu'à mi-portière. C'est ainsi que l'on découvrit Gladys, immergée jusqu'à la taille, mains sur le volant, ayant sans doute succombé à un arrêt cardiaque consécutif à une hypothermie. Lorsque l'on m'apprit la nouvelle, je fus bouleversé, mais nullement surpris. Pour autant qu'il m'en souvienne, je n'ai jamais vu Gladys sobre durant notre vie commune. Et ce n'est pas une clause de style. Du jour de notre rencontre à celui de notre séparation, je la revois parler, téléphoner, lire ou travailler, toujours un verre à la main. C'était une femme formidablement intuitive, subtile dans sa perception de l'existence, originale, destructrice, bien sûr suicidaire, et qui vivait en permanence dans les vestibules de l'alcool. Elle buvait sans mesure, avec, je dois le dire, une certaine élégance, sans jamais manifester le moindre relâchement ni le plus petit signe d'ébriété. Nous nous étions rencontrés chez un déplaisant violoniste de l'orchestre national du Capitole dont elle était vaguement la petite amie. Ce soir-là, après un monologue au cours duquel l'artiste se rendit un long et vibrant hommage, nous vîmes ce dernier s'affaler ivre mort sur son canapé de cuir, tandis que ses baffles B & O s'efforçaient de restituer au mieux les enregistrements de quelques-uns de ses concerts. Je ne crois pas que le virtuose revit jamais Gladys Valence qui, en tout cas, avant de partir, alla à la cuisine chercher une plaquette de beurre frais Besnier qu'elle glissa dans la poche intérieure de son costume de marque.

À l'époque, j'avais vingt-quatre ans et j'occupais des emplois temporaires choisis au gré de mes besoins et de mes humeurs. Ma rencontre avec Gladys bouleversa cette vie insouciante. En quelques semaines je devins à la fois un époux responsable et l'employé régulier d'une société de sondages spécialisée dans les enquêtes de consommation. Quand Gladys tomba enceinte et poursuivit sa croisière alcoolique au même rythme effréné, je me mis à redouter le pire pour notre enfant et compris surtout, au fil de nos disputes, que notre vie commune allait bientôt toucher à sa fin. Lorsque quelques jours après la naissance du bébé, ma mère, la Doctoresse, m'annonça qu'il était en parfaite santé, que ses bilans étaient bons, je n'eus soudain plus peur de rien. J'avais une fille. Saine et sauve, elle était venue au monde le même jour que moi. C'était une sorte de miracle. Elle s'appelait Marie.

Deux ans plus tard, Gladys et moi étions divorcés. Nous nous étions séparés sans tapage, d'un commun accord, et ma femme avait sincèrement apprécié que, durant la procédure, je n'aie à aucun moment mentionné son alcoolisme pour tenter de lui retirer la garde de notre fille. Aujourd'hui, quand je repense à tout cela, à la haine que j'avais accumulée contre Gladys parce qu'elle mettait en danger la vie de notre enfant, je trouve le sort bien cruel, trente-cinq ans plus tard et une fois sa mère disparue, de m'avoir confié, à moi l'homme exemplaire éternellement sobre, l'abominable tâche de conduire notre enfant à la mort.

J'ai parfois des difficultés à l'avouer, mais après

toutes ces années, et surtout depuis qu'elle n'est plus là, Gladys me manque. Sa manière à la fois insolente et stylée de traverser l'existence, son absence totale d'illusion et d'espérance, sa rectitude aussi, m'apportaient, d'une façon que j'aurais du mal à expliquer, un supplément de courage et de force qui dorénavant me fait souvent défaut. Anna, ma seconde femme, à bien des égards à l'opposé de la première, n'a jamais possédé cette capacité à me fouetter les sangs ou à me donner l'envie de me battre, fût-ce contre moi-même. Sans doute est-elle trop conventionnelle, je veux dire dotée d'une pensée tissée dans le droit-fil de l'époque, assez ductile pour coller à la morphologie des modes, et habilement opportuniste pour se fondre dans les courants dominants. Ces courants puissants et obscurs qui l'ont fait migrer au Canada et qui, depuis, lui laissent penser qu'elle navigue dans des *univers à haut potentiel*. Je dis cela sans aigreur. Mais ma mémoire, qui jamais ne se repose, me rappelle régulièrement combien la disparition de Gladys me la rend chaque jour plus précieuse, quand les contours d'Anna, pourtant si vivante et omniprésente, s'effacent peu à peu au fil des ans.

J'ai épousé Anna Keller un peu plus de trois années après mon divorce. Mon père qui adorait Gladys jusque dans ses travers – il aimait beaucoup boire un ou deux verres en sa compagnie – se montra bien plus réservé vis-à-vis de ma nouvelle compagne. Un jour, à son propos et sur un ton qui n'avait rien d'admiratif, il me dit simplement : « Elle ira loin. » Dans la famille, pour des raisons complexes qui tiennent sans doute à notre histoire, nos origines, et à l'inflexibilité de notre mémoire, nous n'avons jamais eu un goût immodéré pour l'ambition, ce trouble désir goulu, cet étrange appétit de l'âme. Et il n'avait pas fallu longtemps à l'homme de la Sneijder Fabriek pour comprendre qu'avec cette jeune femme-là il ne partagerait jamais rien d'autre que des cocktails de politesse. Je me souviens d'une conversation au cours de laquelle mon père, qui n'avait guère de goût pour la sociabilité, s'était malgré tout efforcé de s'intéresser aux projets de sa belle-fille.

– Qu'est-ce que vous avez passé déjà comme examens ?

– Un doctorat de mathématiques, un diplôme de statistiques et un autre sur le management et les techniques de décisions stratégiques.

– Ah bon, les décisions stratégiques aussi…

– Vous connaissez ?

– Non. Mais j'imagine que ça doit représenter beaucoup de travail.

– Énormément.

– C'est bien.

Ce verbatim restitue, je crois, la quintessence de ce que ces deux êtres étaient capables d'échanger. De brefs dialogues désincarnés. Une sorte de morse de salon. Ma mère, de son côté, essayait de se montrer un peu plus chaleureuse, mais, connaissant la Doctoresse, je voyais bien que, malgré les efforts qu'elle déployait pour maintenir à flot ce qui se voulait être encore une famille, sa complicité avec ma femme était de pure convenance. Pourtant notre petit cercle déjà passablement cabossé allait bientôt s'agrandir avec la naissance des jumeaux, Hugo et Nicolas.

Ces deux garçons similaires en tout point étaient de surcroît des clones masculinisés de leur mère. Cet état de fait eut sur moi un effet inattendu : je me sentis très vite exclu, mis à l'écart, privé d'une part de ma paternité. Dans cette nouvelle famille, je l'éprouvais à chaque instant, il y avait, d'un côté, les garçons et leur mère, les Keller, et de l'autre, moi, sorte de factotum accrédité, pourvoyeur génétique affublé d'un permis de conduire pour faciliter les transports. Sans doute mes fils comprirent-ils très tôt que leur mère, femme à *haut potentiel* et experte en *décisions stratégiques*, était le seul interlocuteur valable dans cette maison. D'une certaine façon, ils se reconnaissaient en elle et vice versa.

Après la naissance des enfants, ma femme obtint chez Motorola semi-conducteurs, à Toulouse, un poste à sa mesure. Quant à moi, en l'absence de diplôme, je multipliai les emplois aux Postes et Télécommunications, d'abord au service à la clientèle, ensuite dans les équipes d'ouverture de lignes. Avant notre intervention, le client était un être désemparé, livré à lui-même, coupé de tout, tandis que, sitôt notre ouvrage accompli, il avait le sentiment gratifiant d'être un usager respectable et, enfin, raccordé, ou mieux, accroché au monde par le bout de son fil. Ces branchements trifilaires représentaient mon emploi de jour. La nuit, je composais des jingles pour des stations de radio régionales ou de modestes programmes publicitaires. J'avais installé à la maison un studio rudimentaire qui se réduisait à un magnétophone quatre pistes de marque Revox et à deux ordinateurs Korg analogiques que j'utilisais comme pourvoyeurs de sons. En quelques années, je parvins ainsi à placer une cinquantaine de morceaux, médiocres pour la plupart. L'un d'eux fut utilisé pendant un an comme musique d'attente sur le réseau national des P & T. J'aimais bien ce travail délassant, sans enjeu, et qui, en outre, me permettait d'agrémenter mon salaire. Cependant, pas une fois mes fils ne s'intéressèrent à ma petite fabrique de sons qu'ils ignoraient avec superbe, comme l'on néglige un poste de douane désaffecté. Pas une fois ils ne me posèrent la moindre question sur l'essence ou la nature de ce travail singulier. Et, lorsque plein de fierté, je leur fis écouter, au téléphone, le morceau que venaient de m'acheter les P &T, ils se passèrent brièvement le combiné avant de raccrocher en disant juste : « C'est toujours pareil. » Ce jour-là, je ressentis clairement que mes fils, jamais, ne m'accorderaient la possibilité de les aimer.

Aimer Marie ne fut pas non plus chose facile. Elle était pourtant tout le contraire d'une enfant indifférente ou compliquée. Lumineuse, affectueuse, intéressée par tous les fragments du monde, elle était pour moi une véritable source de bonheur. Elle m'apaisait et je retrouvais en elle ces étincelles de vie qui jaillissaient parfois des regards de sa mère. Cependant je fus bientôt privé de tout cela pour d'obscures raisons familiales, devant lesquelles il me fallut m'incliner.

Une minable histoire de traumatisme, de maltraitance et de conflits de jeunesse non réglés entre Anna, sa demi-sœur, que je n'ai jamais connue, et la seconde femme de son père. De ce fatras affectif, de ce gynécée rancunier, il ressortait qu'Anna souhaitait que nos familles respectives soient désormais séparées par des cloisons étanches. En conséquence, les jumeaux ne verraient pas Marie, qui d'ailleurs ne serait pas reçue à la maison. Anna comprenait que cela me bouleverse, mais ce point n'était pas négociable. J'étais toutefois libre de voir ma fille quand je le désirais, pourvu que cela se déroule hors de nos murs et de la présence de nos fils. En clair mon passé avec Gladys, fût-il incarné sous les traits de la plus douce et de la plus accommodante des enfants, ne devait jamais franchir le seuil de notre porte. Je me souviens que cette requête, qui me fut de plus présentée comme un ultimatum, me coupa les jarrets.

— Tu ne peux pas me demander une chose pareille.

— Si, justement. Je tiens beaucoup à ce que les choses se passent comme ça.

— Mais enfin, c'est tout à fait insensé. Qu'est-ce que Marie et Gladys ont à voir avec le passé de ta famille ?

— Gladys n'a rien à voir là-dedans. Simplement je ne veux pas revivre ce que j'ai connu chez moi, enfant. Je refuse que l'histoire de mon père se répète.

— Mais quelle histoire ? Il n'y a aucune histoire.

Marie vient nous voir ici, le week-end, joue avec ses frères et rentre ensuite chez sa mère. Il n'y a aucun problème. Il n'y a aucune histoire.

– Si, justement.

– Laquelle, bon Dieu, laquelle ?

– Je ne veux pas et ne peux pas en parler. C'est comme ça. Je suis incapable de reparler de tout ça. Comme de mon père, de ma belle-mère, ou de ma demi-sœur.

– Tu ne veux pas que Marie vienne ici.

– C'est ça.

– J'espère que tu te rends compte de ce que tu dis. Tu réalises que ce que tu me demandes est inhumain, cinglé, insensé.

– Je sais, mais j'aime autant que ce soit comme ça.

Ainsi, pendant près de vingt ans, je quittai la maison, le vendredi soir, pour prendre ma fille chez Gladys et passer le week-end avec elle chez mes parents. Il en allait de même pour le jour de Noël, certaines vacances et les anniversaires. Écrivant cela, je mesure encore mieux l'énormité, l'incongruité de cette situation, l'ampleur du gouffre invisible qui s'est créé entre Anna et moi. J'ai souvent songé à partir pour me bricoler une autre vie, une existence sans doute tout aussi médiocre mais dont j'aurais au moins été le modeste artisan, une existence au cours de laquelle ma fille et moi n'aurions pas à nous cacher pour nous rencontrer. Mais quelques mauvaises raisons et surtout la lâcheté, ce mal misérable et insidieux, me firent renoncer et je pris alors conscience de notre incroyable capacité à composer avec l'inacceptable. Tous autant que nous étions, dans nos différents rôles. Anna, arc-boutée sur son travail et ses jumeaux, ferma les yeux sur l'horrible manège qu'elle nous infligeait. Hugo et Nicolas ne prirent jamais le parti de leur sœur, gardant un silence coupable et détournant les yeux, comme si rien de tout cela ne les concernait. Gladys, outrée par tant de méchanceté stupide, maudit cent fois Anna avant d'oublier jusqu'à son existence dès le troisième verre. Mes parents, transformés malgré eux en *bed and breakfast*, arrondirent les angles de leurs jugements et s'appliquèrent à donner à ces week-ends d'exilés des allures d'agréable rituel familial. Quant à moi, depuis ce temps, je sais ce que je vaux mais j'évite, autant que faire se peut, de me questionner ou de m'attarder sur le sujet.

C'est ainsi que nous vécûmes, famille désarticulée, petits Français de l'intérieur, coincés entre le leasing de nos voitures et les escalators du progrès, gravissant quelques marches sociales pour les redescendre aussitôt, enterrant nos parents avant de dépenser leurs assurances-vie, voyant grandir nos enfants et défiler les années, comme les bovins regardent passer les trains, jusqu'à la fin.

Anna et moi avons déménagé de Toulouse pour nous installer au Québec en 2004. Une offre professionnelle exceptionnelle que ma femme m'expliqua ne pas pouvoir refuser. Les jumeaux avaient alors vingt-cinq ans, Marie quatre de plus, mes parents étaient morts, et je n'avais rien de plus qu'un emploi subalterne et des jingles à mettre dans l'autre plateau de la balance. Ce fut donc Montréal, sans les enfants, lesquels à des degrés divers s'affairaient déjà à tracer le sillon de leur propre vie.

Une jolie maison parquetée de bois blond, avec des encadrements de porte et de fenêtre laqués en blanc, trois chambres et un bureau à l'étage, le tout donnant sur l'avenue des Sorbiers et le parc Maisonneuve, qui jouxte le jardin botanique et le stade olympique. C'est là que nous vivons. Dans un quartier sans grande prétention, assez éloigné du centre-ville, mais qui m'offre, à quelques pas de chez moi, la jouissance du plus beau jardin japonais du pays. J'y vais très souvent, j'aime y perdre du temps, même lorsqu'il neige et qu'il fait très froid.

À dire vrai, je ne me suis jamais habitué à l'hiver d'ici, ni davantage à la brièveté des autres saisons. Voilà six ans que je tente de m'accommoder en silence de toutes les variétés de neiges et d'une froideur familiale qui me paraît parfois tout aussi glaciale.

Jusqu'au 4 janvier de cette année, je travaillais au service des achats et approvisionnements de la SAQ, la Société des alcools du Québec. Issue de la Commission des liqueurs du Québec, mise en place durant les années vingt pour contrôler la diffusion des spiritueux à une époque où, en Amérique, dominait la prohibition, la SAQ, organisme public, est aujourd'hui encore le seul réseau habilité à vendre des vins et des alcools dans la province. Comme je connais assez bien la géographie des terroirs français, on m'assigna une tâche quasi domestique consistant à négocier des conditions avantageuses auprès de vignerons bourguignons têtus, de viticulteurs bordelais roués, de coopérantes coopératives languedociennes et d'habiles « négociants manipulateurs » spécialisés dans la vinification d'un moût de raisin acheté un peu partout. Obtenu grâce aux nouvelles et efficientes relations d'Anna, cet emploi se présenta au moment où, de guerre lasse, j'étais sur le point de me faire embaucher comme « releveur de compteurs » par la compagnie nationale d'électricité, Hydro Québec. Comme l'expliquait le document administratif au chapitre « Votre rôle », mon travail aurait dû consister à « effectuer la relève de divers types de compteurs à l'aide de la technologie adéquate, vérifier l'état des équipements de mesurage, déceler et signaler les cas de vol d'électricité, répondre aux demandes de renseignements formulées par les clients et orienter ces derniers vers les unités administratives, au besoin ». La seule chose que je retins de la lecture de cette notice en était le bouquet final, l'ultime note qui restait en bouche quand on avait tout oublié : « au besoin ». J'imaginai le rédacteur qui, une fois l'œuvre achevée, et après relecture, n'avait pu s'empêcher d'ajouter un dernier coup de pinceau, comme ça dans le coin, « au besoin ». Un peu plus loin, le même définissait ainsi le « profil » et le bagage que devait posséder l'impétrant : « Diplôme d'études secondaires, permis de conduire du Québec valide de classe 5, capacité à se déplacer à pied sur de longues distances par beau temps et mauvais temps, bon sens de l'orientation et souci du service à la clientèle, aucune crainte des animaux, particulièrement des chiens. » Il m'apparut alors qu'à l'image de Bell Canada Hydro Québec recrutait aussi des éléments à *haut potentiel*, des releveurs à tout le moins capables de flatter le client après avoir, en chemin, affronté de multiples bêtes, et marché des heures durant dans la glace et le froid, bien qu'ayant en poche un indispensable permis de classe 5.

Jusqu'à l'accident, et pendant cinq années, à l'abri des canidés et des intempéries, j'ai donc négocié à vil prix, au grand profit des taxes provinciales, des vins français de toutes qualités, en fonction des opportunités. Ce matin, par curiosité, j'ai regardé le choix mensuel des experts de la SAQ : un vin néo-zélandais (Konrad Bunch), trois américains (Chester Kidder, Lachini, Tree Rivers), trois argentins (Desierto Pampa, Mendozo, Piedra Negra), trois chiliens (Los Vascos, Vina Chocalan, Novas), et un australien (Gemtree). Si j'étais paranoïaque, vu la composition de leur palmarès, je dirais qu'à n'en pas douter, les gens de la SAQ ont bien célébré mon départ.

DEUX

Je rentre à l'instant du jardin botanique. Le froid est aujourd'hui si vif qu'il n'y avait personne que moi pour profiter de ce magnifique ordonnancement. J'ai d'abord traversé le jardin chinois, la « Cour du printemps », le « Kiosque de la douceur infinie », jusqu'au « Bateau de pierre ». Ensuite j'ai longuement sillonné le jardin japonais créé par Ken Nakajima, déambulation qui m'est devenue familière, comparable à une caresse discrète et veloutée pour le regard et l'esprit.

Anna est à son travail, à l'autre bout de la ville. Je suis seul dans notre maison. Depuis l'accident, Marie a enfin le droit d'y séjourner. Ses cendres que l'on m'a remises dans une urne funéraire, sur laquelle figurent ses initiales, se trouvent dans la petite pièce à l'étage qui me tient lieu de bureau. Marie et moi sommes désormais réunis. Il aura fallu tout ce temps. D'une certaine façon la mort aura remis les choses en place. Mais avec quel cynisme.

Si invraisemblable que cela puisse paraître, durant trente-six années, Anna sera restée inflexible, barricadée dans sa forteresse, hors de portée des affects.

Je pensais à un moment que la disparition de Gladys pourrait infléchir son jugement. Il n'en fut rien. Ma fille est morte sans jamais avoir rencontré ma femme, sans avoir pu lui parler, ni savoir pourquoi elle l'avait privée de ses deux frères et d'une vie de famille à laquelle elle avait droit comme tous les autres enfants. Cette terrible question, cent fois ma fille me l'avait posée. Et je n'avais jamais pu lui offrir que de misérables réponses dilatoires, lui promettant qu'avec du temps toutes ces choses finiraient par s'arranger. Enfant, Marie me demandait souvent de lui parler de ses deux jeunes frères, de les lui décrire. Bien que vivant sous le même toit qu'eux, je me rendais compte alors que je ne les connaissais pas, que j'ignorais tout de leurs vies, que j'étais totalement incapable de les dépeindre et, bien sûr, de les différencier. En fait, je les ai toujours vus comme des excroissances de ma femme, des pièces génétiquement rapportées.

Vers l'âge de douze ans, Marie écrivit une longue lettre à ses frères et me la confia pour que je la leur transmette. Je la remis à Hugo qui regarda l'enveloppe comme s'il s'agissait d'un insecte mort, avant de la donner à Nicolas, lequel me la rendit en disant d'un air buté et effronté : « Nous ne connaissons pas de Marie. »

Ni l'un ni l'autre de ces deux imbéciles n'eut assez d'humanité, de courage ou de curiosité, pour braver l'interdit maternel et rencontrer cette sœur inconnue qui leur avait écrit une lettre d'amour, le jour de leur anniversaire.

Faut-il préciser que je ne pardonnerai jamais à

mes fils. Ni pardon, ni oubli. Tout est là, présent, vivant. À chaque fois que je les vois, eux et leur mère, je sens tout ce passé bouger en moi, dans mon ventre et ma poitrine, je suis comme un animal sauvage prisonnier d'une mémoire intacte, un animal qui voudrait bondir de sa cage et mordre ces gens-là jusqu'à la racine de l'os.

Cinq jours après la mort de Marie, et parce que j'étais toujours dans le coma, c'est à Anna que les institutions funéraires s'adressèrent pour savoir ce qu'il convenait de faire du corps de ma fille, s'il fallait l'inhumer, renvoyer la dépouille en France ou bien procéder à une crémation. Ma femme choisit la dernière solution.

Depuis que je sais tout cela, connaissant Anna, je ne peux m'empêcher de penser qu'elle a fait incinérer ma fille pour les mêmes raisons que l'on brûle une preuve compromettante.

Éliminer toute trace, libérer la place. Mais ma mémoire est ignifugée.

Les cendres de ma fille n'ont aucune odeur. Elles sont aussi légères que celles de mes parents.

Après avoir quitté l'hôpital, ma première sortie fut pour le funérarium où j'allai récupérer l'urne de Marie. Je remplis les formalités que l'on me demanda puis je rentrai chez moi avec ma fille sous le bras. Je fis une partie du trajet à pied et l'autre en taxi, car mes jambes me faisaient encore souffrir. En arrivant à la maison, quand je refermai la porte d'entrée derrière moi, je mesurai tout à coup à quel point j'allais désormais être seul. Toute l'enfance de ma fille me submergea alors, j'entendis sa voix, je vis son visage d'enfant, sa main prit la mienne, et, assis dans l'escalier, je pleurai.

Je me souviens très bien de la façon dont commença la journée du 4 janvier dernier. En me levant, mon premier geste fut d'allumer la radio pour écouter les nouvelles et savoir ce qu'il en était de ces histoires d'oiseaux et de poissons morts par milliers. L'attrait de la nouveauté étant passé, les journalistes se montrèrent peu diserts sur le sujet et c'est tout juste s'ils mentionnèrent que des milliers de carouges à épaulettes étaient encore tombés du ciel, cette fois en Louisiane. On sentait bien que cette fournée supplémentaire était à peine morte qu'elle était déjà oubliée, classée et archivée.

La petite station météorologique de la maison indiquait une température extérieure de − 7 °C et quelques rares flocons de neige voletaient çà et là sans la moindre conviction.

Marie était arrivée le 29 décembre à Montréal pour passer les fêtes de fin d'année avec des amis, dans une maison qu'ils avaient louée sur le lac Cloutier près de Saint-Alphonse-Rodriguez. C'est moi qui leur avais trouvé ce superbe chalet Victory enchâssé dans les arbres, poudré de neige et surplombant les eaux immobiles. Marie avait fait le voyage en compagnie d'un couple et d'une jeune femme, qui étaient aussi ses associés dans le cabinet dentaire qu'ils partageaient. Suivant l'exemple de sa grand-mère, ma fille s'était engagée sur le chemin de la médecine, puis, à mon grand désarroi, de la dentisterie, corporation avec laquelle j'ai longtemps entretenu des rapports difficiles. Il faut dire que j'appartiens à une génération dont les soins buccodentaires furent confiés à une congrégation d'arracheurs de dents, au sens premier du terme, un gang de tortionnaires opérant avec des armes mal dégrossies et des produits anesthésiques élaborés par des officines vétérinaires. Au mieux, ces gens-là vous implantaient une vraie mine de plomb dans la bouche, et quand les choses tournaient mal, ce qui était souvent le cas, ils se contentaient de toucher leur prime à l'arrachage en vous laissant cicatriser entre deux rendez-vous. Aujourd'hui, je dois le reconnaître, les choses ont changé et les dentistes sont devenus des êtres humains comme les autres. Les rares fois où je suis allé me faire soigner chez Marie, les choses se sont passées à merveille. Y compris lorsque je fus pris en main par l'un de ses associés, sorte de grand Irlandais filiforme et charmant, que je considérais depuis longtemps comme son petit ami. Quand je posai ouvertement la question à ma fille – c'était il y a six ans –, elle éclata de rire.

– Victor ? Mais tu rigoles.

– Pourquoi, il est très bien.

– Comme associé il est parfait. Mais c'est tout.

– C'est drôle, j'aurais juré que vous étiez ensemble. La manière dont il m'a parlé de toi quand il m'a soigné, son attitude, tout ça…

– Mais enfin, papa, tu te fais toute une histoire, là.

– Peut-être, mais tu ne m'enlèveras pas de l'idée que ce type éprouve quelque chose pour toi.

– Papa, je suis lesbienne.

– Tu es quoi ?

– Lesbienne.

– Depuis quand ?

– Depuis toujours. Tout le monde est au courant. J'étais persuadée que tu le savais, que tu t'en étais rendu compte.

– Je suis désolé. Excuse-moi pour cette conversation ridicule, je ne voulais pas être indiscret. Je n'imaginais pas que ça tournerait de cette façon. Que tu me dirais tout ça.

– Ça t'embête ?

– Non, vraiment. Pas du tout. Simplement je suis surpris. Je ne m'y attendais pas.

– Ben voilà, maintenant tu es au courant. Tu as une fille dentiste et lesbienne.

Aujourd'hui cette conversation me semble remonter à des siècles. Mais je m'en veux toujours autant d'avoir été alors aussi gauche et maladroit avec Marie. Je pense que j'aurais dû être plus attentif. Si « tout le monde était au courant », la moindre des choses eût été que je le fusse aussi. Un père se doit d'accompagner les choix de ses enfants. Bien évidemment, cette remarque ne s'applique pas aux jumeaux, mes fils, ni à leur sexualité, dont je n'ose même pas imaginer les arcanes et les méandres, et qui m'a toujours indifféré au plus haut point. La seule chose que je puisse dire à leur sujet et dont je sois à peu près certain, c'est qu'ils ont procréé l'un et l'autre un peu avant trente ans, comme s'ils s'étaient par avance mis d'accord sur leur période de reproduction. Je ne dirai rien sur mes petits-enfants qui bénéficient d'une totale immunité en raison de leur innocence et de leur jeune âge. En revanche, je ne pourrai faire preuve de la même mansuétude à l'égard de leurs mères respectives que l'on dirait tout droit sorties d'une série américaine des années soixante. Des femmes nées pour vivre en peignoir dans des salles de bains, s'appliquer du vernis à ongles, boire des Martini et conduire de grands breaks aux portes plaquées de bois. Je me dis souvent que les jumeaux ne se seront jamais quittés, qu'ils auront tout fait, absolument tout, ensemble. Ils auront fréquenté la même école, poursuivi les mêmes études, rencontré les mêmes femmes, éduqué leurs enfants à l'identique, partagé le même sot métier et ignoré jusqu'au bout avec la même veulerie leur sœur unique.

Il existe dans une rue de Toulouse une nouvelle plaque de cuivre portant le nom des Sneijder. Dans ce cabinet-là, on ne soigne ni ne traite rien qui vaille la peine d'être mentionné. Dans ces bureaux de bonne facture se disent et se trament des choses assez misérables autour de comptes sans cesse faits et refaits en fonction d'articles de loi aussi louches que les taux horaires facturés par ceux qui les étudient, les tordent et les retordent à façon. Chez Sneijder & Sneijder, avocats fiscalistes, on ne refuse aucune affaire, aucun client, on prend en charge toutes les causes. Et à la fin, ce sont toujours les jumeaux qui gagnent.

Il y a six ans, donc, dans des circonstances maladroites, je découvris que Marie était lesbienne. Cela ne changea rien entre nous, bien sûr, sinon qu'à partir de ce moment-là, à chacun de nos rendez-vous, je ne pus m'empêcher de considérer d'un œil neuf et attentif les différentes amies de ma fille. Dans cet assortiment toujours renouvelé, j'essayais de deviner laquelle de ces jeunes femmes pourrait bien être sa compagne. Je n'ai jamais eu de réponse, n'ayant, c'est évident, jamais posé la moindre question. Pourtant, lorsque Marie et ses amis débarquèrent à l'aéroport Pierre Elliott Trudeau de Dorval, le 29 décembre dernier, je fus immédiatement persuadé que la jeune femme qui l'accompagnait était ma belle-fille. Ensemble nous prîmes un repas rapide à l'aéroport puis, dans leur voiture de location, un monospace Dodge qui sentait le détergent, ils partirent pour Saint-Alphonse-Rodriguez, situé plus à l'est, à une heure de route.

Marie et moi étions convenus de nous retrouver à Montréal après les fêtes du premier de l'an pour passer deux jours ensemble. En attendant, j'étais heureux de savoir ma fille à une heure de chez moi. Elle n'avait jamais été aussi proche de l'avenue des Sorbiers, du « Kiosque de la douceur infinie » et du « Bateau de pierre ».

Le soir du premier de l'an, aux alentours de minuit, Marie me téléphona. Ce fut Anna qui décrocha. Elle reposa aussitôt le combiné sans un mot et dit seulement : « C'est pour toi. »

Je parlai un long moment avec ma fille puis je pris les clés de la voiture et roulai seul pendant plusieurs heures dans les rues de la ville fiévreuse, gaie et enluminée. Je me souviens que cette nuit-là la température était anormalement douce et que le thermomètre de la voiture affichait 4 °C.

Le lendemain et les jours qui précédèrent le retour de Marie à Montréal, je n'adressai pas la parole à ma femme. Laquelle se montra d'ailleurs tout aussi silencieuse. Avant l'accident, les derniers mots qu'elle prononça à mon endroit furent donc : « C'est pour toi. »

Le 4 au matin, Marie arriva en ville vers dix heures et nous nous retrouvâmes dans un café sur Sherbrooke, avec un grand bonheur réciproque, que je réinterprète sans doute à la lumière des événements qui suivirent, mais dont je ne me souviens pas qu'il eût jamais été, par le passé, aussi intense, du moins lors de circonstances pareillement banales.

Marie se disait enchantée de son séjour dans la maison du lac et envisageait même d'y revenir durant l'été si le chalet était disponible, d'autant qu'un congrès de chirurgie dentaire devait se tenir à Montréal vers la fin du mois d'août. Nous eûmes alors, bizarrement, et pour la première fois, une discussion très sérieuse sur son métier. Elle me fit un petit cours sur l'implantologie et la chirurgie pré-implantaire dont je ne retins presque rien, sinon qu'en vieillissant Marie se fondait dans les traits de sa mère, qui lui avait aussi légué son timbre de voix si particulier.

Vers midi, avant d'aller déjeuner, ma fille me demanda de l'accompagner chez un confrère dont le cabinet se trouvait au vingt-huitième étage d'un immeuble situé sur Saint-Antoine. Il devait lui remettre des documents de recherche destinés à un professeur de l'université de Toulouse. Lorsque nous pénétrâmes dans l'immense hall, l'un des six ascenseurs qui desservaient tous les étages de cette tour de bureaux ne tarda pas à arriver.

Vers 13 h 10, Marie prit congé de son hôte, me

récupéra dans la salle d'attente et nous nous diri-
geâmes vers le palier où étaient regroupées les
cages d'ascenseur. Avant que ne s'ouvrent les portes
en inox, je songeai que jamais je n'avais autant
éprouvé l'envie de me rapprocher de ma fille, de
quitter Anna, mon emploi, la maison, ce pays glacial, et même mon jardin botanique, pour rentrer
avec Marie, voler vers le sud et revenir chez nous.
Déterrer un monde enfoui. Retrouver Gladys buvant
un verre avec mes parents, rebrancher mes claviers
Korg, le vieux Revox, et recommencer une vie qui
ressemblerait enfin à quelque chose, avec juste ce
qu'il faudrait de courage, de bonheur et de dignité.

Il était déjà vraisemblablement 13 h 12 quand les
portes de l'ascenseur s'écartèrent pour nous laisser
entrer dans la cabine. Trois personnes étaient présentes à l'intérieur. Deux hommes et une femme.
Je n'ai pas le moindre souvenir de leurs visages à
peine entraperçus, mais les coupures de presse que je
lus par la suite m'apprirent qui ils étaient, ce qu'ils
faisaient et comment se composaient leurs familles.

À l'heure convenue, nous nous présentâmes
tous à la convocation du destin : Andrea Teasdale,
cinquante-trois ans, employée au service des ressources humaines de Holt Renfrew, mariée ; Bassim
Assah-Tyhiany, cinquante-sept ans, chef d'atelier
chez Lexus, marié, deux enfants ; Serge Paquette,
quarante-deux ans, ancien joueur de hockey et propriétaire de bar, divorcé, un enfant ; Marie et Paul
Sneijder, trente-six et soixante ans qui, eux, dans
l'ordre normal des choses et des familles, n'auraient
jamais dû se trouver là, à cette heure, mais plutôt

dans la maison de l'avenue des Sorbiers en train de déjeuner ensemble, avant d'aller flâner, dans l'après-midi, au jardin botanique.

Chaque jour je ne peux m'empêcher de revivre cette matinée, de refaire cent fois notre parcours, passant les heures de ce 4 janvier au tamis le plus fin, dans l'espoir de découvrir quelque chose, l'indice d'une erreur que nous aurions commise, la trace d'une chance qui nous aurait été laissée et que nous aurions négligée. Depuis des mois que je fais des recherches sur les ascenseurs, j'ai appris, entre autres choses, qu'à l'étage où nous étions, une des six cabines desservant la tour se présente en moyenne toutes les vingt et une secondes. Et c'est bien là, la chose la plus difficile à accepter. Que ces cinq passagers venant des quatre coins de la ville et du monde aient tacitement accordé leur agenda et synchronisé la vitesse de leurs pas pour ne pas être en retard, ce jour-là, fût-ce de vingt et une secondes, au rendez-vous le plus important de leur existence.

Ma fille est montée la première, s'est décalée sur la gauche pour me laisser une place à peu près au centre de la cabine, les trois autres passagers étant adossés au côté opposé de l'ascenseur. Nous ne nous sommes pas salués, ni les uns ni les autres, et n'avons échangé aucune parole, comme si jusqu'au bout nous devions respecter le code et demeurer de parfaits inconnus. Les portes se sont refermées et la descente a commencé. De manière assez brutale, au point de ressentir une grande sensation de vide dans la poitrine. Il y eut ensuite un craquement et une nouvelle accélération. Quelqu'un poussa un cri et je fus projeté contre la paroi des doubles portes en inox. Je réussis à saisir une main courante et mon regard croisa alors celui de ma fille qui n'exprimait ni peur ni panique. C'est alors que la cabine fut sèchement freinée, sans doute par les patins de sécurité en bronze. Et qu'elle s'immobilisa. Nous avions dû tomber de deux ou trois étages avant de nous stabiliser. Mais ce répit fut extrêmement bref et nous eûmes juste assez de temps pour nous redresser. Il y eut une violente explosion, les éclairages du plafond s'éteignirent, des lumières de secours, plus faibles, prirent le relais, un raclement métallique suraigu nous assourdit, puis, ce fut la chute libre.

Comme à Beebe, Arkansas.

Je sais ce que l'on dit : qu'il est impossible qu'un ascenseur s'écroule de la sorte, qu'il est équipé de ce que l'on appelle un « parachute », mécanique de secours infaillible assurant dans le même temps le freinage et le blocage de la cabine, s'activant en cas de rupture des quatre câbles tracteurs, chacun d'entre eux étant capable de supporter un poids de vingt-cinq pour cent supérieur à la capacité de charge globale de la cabine. Je sais tout cela. Et pourtant force est de reconnaître que notre « parachute » ne s'ouvrit jamais, que nos suspentes lâchèrent d'un coup et que nous heurtâmes les amortisseurs de fond de cage avec une violence inouïe. Les experts s'accordèrent pour dire qu'à l'instant de l'impact notre vitesse était de l'ordre de vingt mètres par seconde.

Andrea, Bassim, Serge et Marie durent être désincarcérés de l'habitacle qui n'était plus qu'une illisible compression de tôle. Tous moururent avant même d'être secourus. Lorsqu'on me transporta au Royal Victoria Hospital, j'étais dans le coma, mais vivant. Personne ne comprenait comment j'avais pu me faufiler de la sorte entre les mailles du destin. Les sauveteurs m'avaient trouvé allongé sur les corps des autres victimes, comme si au dernier moment elles s'étaient regroupées pour élever un rempart entre la mort et moi.

Deux fractures aux jambes, une épaule luxée, des plaies superficielles sur le visage et les bras, une pièce de métal fichée au-dessus du rein gauche, et une perte de connaissance dont les scanners, en l'absence d'œdème ou d'hémorragie, peinaient à déceler la cause.

Ma mémoire a tout enregistré jusqu'à quelques secondes après le choc final. J'ai tout conservé en moi, l'entier de la chute et l'écrasement, tout archivé image par image. Les médecins me disent que cela est impossible et que j'ai reconstruit cette architecture du désastre *a posteriori*, que mes visions ne sont que des fictions post-traumatiques. Mais je sais bien que c'est faux, que je n'ai rien imaginé ni inventé, que je nous ai bien vus, tous les cinq, enfermés dans cette boîte, fonçant à une vitesse vertigineuse vers l'abattoir, les yeux grands ouverts comme des mammifères condamnés, paralysés au-dessus de ce vide qui nous avalait, incapables de nous secourir mutuellement, de nous préoccuper les uns des autres, prisonniers d'une terreur intime et ultime qui nous enfonçait son poing dans la gorge et nous rendait livides. De la même façon je peux tout raconter de l'instant du choc, avec des détails infiniment précis, dire avec exactitude ce que nos corps ont subi quand la gravité a fait son œuvre. Mais je garderai tout cela pour moi jusqu'à la fin de ma vie. Je ne parlerai de rien. Je me tairai. Même si cela doit me réveiller chaque nuit. Car ce jour-là j'ai vu des choses qu'un homme et un père ne devraient jamais voir.

Je restai dans un coma en apparence paisible jusqu'au jeudi 27 janvier. De cette période d'absence je ne me rappelle rien. Ni rêve, ni cauchemar, ni souvenir de conversations que l'on aurait pu tenir autour de moi. Juste une longue nuit de vingt-trois jours, une décantation neuronale, comme un grand sommeil réparateur que réclamait le corps pour aborder la suite.

La suite, justement, fut assez curieuse. Car en réalité je sombrai à deux reprises dans le coma. Le premier, de trois semaines, fut suivi d'un bref réveil, auquel succéda aussitôt une nouvelle perte de connaissance de trois autres journées.

Si je suis, bien sûr, dans l'incapacité d'expliquer les raisons neurologiques qui ont provoqué ma première longue absence, je crois pouvoir, en revanche, cerner les causes et le facteur déclenchant de ma rechute. Il s'avère que par le plus grand des hasards mes fils étaient arrivés à Montréal le 26 janvier au soir pour visiter leur mère et, accessoirement, jeter un œil sur la momie enturbannée qui leur tenait lieu de père. Donc, le 27, en début d'après-midi, ce que j'avais encore de famille se transporta avenue des Pins, au Royal Victoria Hospital et s'aligna au bout de mon lit dans cette posture que l'on se croit obligé d'adopter en présence d'un gisant. Or, ce qui était hautement improbable se produisit : j'ouvris les yeux et ma conscience que l'on eût dite alimentée par une vieille batterie, se ralluma peu à peu. Passé le premier éblouissement, je découvris les trois Keller, quasi interchangeables, la dynastie au grand complet, les jumeaux dévoués et leur sainte matrice. Je le dis avec le plus grand sérieux, je suis certain que cette vision cauchemardesque de mes fils et de leur génitrice, s'ajoutant au pressentiment de ce que l'on allait m'apprendre, me fit reculer d'un pas et m'incita d'emblée à repartir là d'où je venais.

Cela me fit gagner trois jours et trois nuits durant lesquels je pus au moins m'imaginer que ma fille, elle aussi, avait pu se glisser à travers les mailles du destin. Ce fut un neurologue dont j'ignorais tout qui, à mon réveil, m'apprit la mort de Marie. Il me l'annonça d'une manière qui me parut à la fois étrange et presque douce. À la question « Où est ma fille ? » il eut cette simple réponse : « Votre fille n'est plus. »

À la veille de prendre leur avion pour Toulouse, Hugo et Nicolas, vêtus d'anoraks ridicules estampillés North Face, vinrent me rendre visite à l'hôpital. Notre conversation fut à l'image de ce qu'avait été jusque-là notre vie commune.

– On est venus te dire au revoir. On rentre demain.
– C'est gentil.
– Tu as bonne mine.
– Ça va.
– Tu souffres ?
– Non.

– Tant mieux. Maman a dit qu'elle ne pourrait pas passer ce soir, mais qu'elle ferait un saut demain après nous avoir conduits à l'aéroport. Tu as des journaux ?

– Non, mais je n'en veux pas.

– On est obligés de rentrer plus tôt que prévu parce que au cabinet les dossiers s'accumulent.

– Je comprends.

– Tu sais que cette année on a presque multiplié par deux le nombre de nos clients. En moins de cinq ans on est devenus un des plus gros cabinets de la ville.

– Et vos enfants ?

– Ça va. Hugo et moi, on va sans doute acheter une maison du côté de Saint-Jean-de-Luz. L'océan, l'air iodé, c'est bien, l'été, pour les enfants.

– Sans doute.

– Tu n'as pas de télévision dans ta chambre.

– Je n'en veux pas.

– Bon, on va y aller. On a encore nos bagages à faire et des petites choses à acheter pour la famille. Tu n'aurais pas une idée ?

– Du sirop d'érable.

Je n'ai rien ajouté ni retranché à ce qui fut l'unique conversation que j'eus avec mes fils, trois semaines après mon accident et la mort de leur sœur. J'espérais qu'ils feraient allusion à sa disparition, mais rien ne vint. J'attendis alors qu'ils soient sur le pas de la porte pour leur dire cette seule phrase : « J'imagine que vous savez pour Marie. » Ils s'immobilisèrent, marmonnèrent « Maman nous a dit », et disparurent en un clin d'œil derrière la cloison, comme deux petits voleurs de vestiaires.

Je restai à l'hôpital jusqu'au 10 février avant de suivre divers programmes de rééducation durant le mois suivant. On me demanda aussi de voir un psychiatre spécialisé dans les syndromes post-traumatiques, la nouvelle marotte actuelle. J'eus avec cet homme quelques conversations qui me déplurent et ne menèrent à rien. À chaque fin de séance, sentant mes réticences, il me faisait promettre de revenir la fois prochaine. Je tins parole à trois ou quatre reprises avant de rompre le pacte sans un mot d'explication.

Mon retour à la maison, vide la plupart du temps, fut assez pénible, au point que la vie réglée de l'hôpital, rythmée par les visites des médecins et les séances successives de soins, me manqua. Dès que j'eus récupéré l'usage de mes jambes, j'éprouvai l'irrépressible besoin de marcher. Et malgré des douleurs résiduelles, j'avançais dans les rues, sans but, jusqu'au bout de mes forces, et rentrais ensuite en taxi. J'arpentais toutes les allées du jardin botanique, ou bien je faisais le tour du stade olympique dont je n'arrivais jamais à différencier la base du sommet.

Je recevais toutes sortes de sollicitations. Des journalistes qui voulaient écrire un long article sur mon histoire, des animateurs d'émissions de radio ou de télévision compassionnelles en quête d'un témoignage en direct, sans parler d'éditeurs prêts à m'offrir d'aimables à-valoir pour que je leur raconte ce qu'est la douleur de survivre.

Pour rien au monde je ne souhaitais parler de

toutes ces choses. Cela se sut et, peu à peu, comme un feu qui s'éteint, les demandes diminuèrent.

Quelques employés de la SAQ me téléphonèrent, qui souhaitaient juste prendre de mes nouvelles, ainsi que le responsable de mon service, moins désintéressé. Deux mois après mon accident, il voulait légitimement savoir dans quel délai je comptais de nouveau faire fructifier les intérêts de l'entreprise et réapprovisionner en vin hexagonal une province qui, depuis mon départ, plaisantait-il, buvait surtout chilien. Sans m'allouer le moindre instant de réflexion, je m'entendis répondre que je ne reviendrais pas, que je ne négocierais plus jamais la moindre bouteille de vin.

En raccrochant j'eus l'impression, pour la première fois depuis bien longtemps, d'avoir accompli quelque chose de positif dans ma vie.

Lorsque j'annonçai ma décision à Anna, elle réagit assez vivement dans un registre auquel je ne m'attendais pas.

– Je ne pense pas que ce soit une bonne idée. Dans ton état, je trouve que ce serait mieux que tu voies du monde.

– Je vais bien et je n'ai besoin de voir personne.

– Je ne suis pas de cet avis. Tu ne vas pas bien. Tu as toujours ces cauchemars et, dans la journée, des longues phases d'abattement. Tu ne te vois pas, je t'assure.

– Je me demande ce que tu sais de mes journées puisque tu n'es pas à la maison.

– En tout cas le soir, quand je rentre, je te trouve prostré devant la télévision.

– Je ne suis pas prostré, comme tu dis, je regarde les prévisions de la chaîne météo.

– Et tu considères qu'il est normal de passer des heures devant ces stupidités.

– Je ne passe pas des heures devant la télé, je regarde simplement le bulletin météo du soir.

– Tu as pensé aux conséquences financières de tes choix, au fait que je vais devoir tout assumer ? Sans oublier que c'est moi qui t'ai appuyé pour rentrer à la SAQ, qui me suis impliquée. Je pense qu'il serait temps pour toi de revenir dans la vie normale, de retrouver ton travail, d'arrêter de te prendre en pitié, et d'oublier ce qui est arrivé. Tu n'es quand même pas le seul à avoir eu un accident.

– Je ne reviendrai pas à la SAQ et je recommencerai à gagner ma vie, le moment venu. En attendant, sors, vois des gens et fous-moi la paix.

Sans doute Anna aurait-elle préféré que je m'enfonce dans un long coma, sorte de période transitoire à l'issue de laquelle elle aurait pu enfin se prévaloir d'un gratifiant statut de veuve. Libérée d'un conjoint socialement déclassé, d'un compagnon déprimant, elle aurait pu mener une nouvelle existence plus en rapport avec sa surface sociale, territoire préservé avec jalousie, dont, chaque jour, elle vérifiait les côtes et les frontières. Depuis quelques années, la regardant d'un œil plus attentif, j'ai compris qu'Anna faisait partie de ces gens capables de souhaiter intimement la mort d'un être ou d'un proche gênant, représentant un problème insoluble, récurrent, enkysté par les années, et qu'une maladie providentielle ou un accident bienvenu aurait le mérite de cureter une fois pour toutes. Sans exclure pour autant une période transitoire d'un chagrin bien tempéré.

Quand Anna venait me voir à l'hôpital, je lisais sur son visage les marques fugaces d'un certain dépit, un sentiment que jusqu'alors je ne lui connaissais pas et que j'avais hâtivement associé à la survenue de tous ces événements. Mais depuis ces dernières semaines, j'en fais une tout autre lecture. La moue que ma femme ne parvient plus à dissimuler n'exprime rien d'autre que son regret d'avoir raté sa chance, sa déception d'avoir trop cru en ce coma, ce néant providentiel censé enfin lui ouvrir en grand les portes d'une nouvelle vie.

Je crois mon observation juste et pertinente. Et paradoxalement je n'en veux pas du tout à Anna. En fait je ne lui reproche rien. Ni d'avoir espéré ma fin, ni, d'ailleurs, d'avoir un amant depuis près de deux ans.

Je sais qu'Anna voit quelqu'un, qu'elle multiplie les maladresses et petits mensonges inutiles dans le but de camoufler certaines libertés prises avec son emploi du temps. Un jour, passant à un endroit inhabituel, à une heure où elle aurait dû être ailleurs, je l'ai vue descendre de la voiture de son ami, un 4 × 4 Suzuki immatriculé dans l'Ontario, et l'embrasser avec cette touche de retenue dont on fait preuve, en général, au moment de prendre congé d'un vénérable et vieux mari.

Avec le peu de temps qui me fut accordé pour voir la scène, je dirais de l'homme au volant qu'il me parut à la fois quelconque et bienveillant.

Ce soir-là, alors que je ne lui demandais rien,

Anna se crut obligée de me raconter sa journée en détail, contrairement à son habitude, mais en distordant suffisamment l'espace et le temps pour que l'épisode impliquant l'Ontarien adoré disparaisse du cadre. En complément de ces petits mensonges, je notai aussi que, pour la première fois depuis notre installation au Canada, ma femme était rentrée à la maison en rapportant un poulet rôti.

Et c'est ainsi que depuis deux ans, les mardi et vendredi de chaque semaine, nous mangeons de la volaille dorée. Sans doute, après avoir goûté au plaisir de la chair, ma femme se sent-elle dans l'obligation de me rapporter une part de volaille encore chaude. Longtemps je fus intrigué par ce rituel. J'y cherchai toutes sortes de symboles ou de messages subliminaux, même si l'explication doit ressortir d'un registre beaucoup plus commun. À côté de l'appartement où Anna se fait baiser, il doit simplement y avoir un rôtisseur chez qui elle a pris pour habitude d'acheter une bête. Prête à être servie. Prête à être avalée.

Et j'avale. *Twice a week*, comme dirait l'homme de Toronto. Sans faire d'histoires. Sans poser de questions. Sauf une. Précise. Toujours la même.

– C'est un fermier ?

Et invariablement Anna me répond :

– Je n'achète que des poulets fermiers.

Je pense souvent à mes parents, Bastiaan et Maria. Et pour autant qu'il m'en souvienne, d'aussi loin que je remonte dans ma mémoire, je ne me rappelle pas que ma mère soit rentrée, une seule fois, de ses visites avec une volaille rôtie.

Autant les fantaisies sexuelles d'Anna Keller – elle n'a et n'aura jamais rien d'une Sneijder – m'indiffèrent au plus haut point, surtout après tout ce qui vient d'arriver, autant je trouve proprement inacceptables les pressions qu'elle exerce pour me remettre au travail. Il y a trois mois, elle s'apprê- tait à porter mon deuil et voilà qu'aujourd'hui elle voudrait qu'à peine opéré, recousu et réveillé, je sois déjà à mon poste, employé résistant et modèle, affairé à commander des caisses de juliénas, de gigondas ou de morgon, assurant ainsi une satis- faisante continuité dans l'approvisionnement de la Société des alcools du Québec.

Ce que cette imbécile ignore, c'est que j'ai bien autre chose en tête. Je suis régulièrement sollicité depuis quinze jours par la compagnie d'assurances représentant à la fois l'entreprise Woodcock, fabri- cante de l'ascenseur, et la société Libralift, char- gée de son entretien et de sa maintenance. Charles Wagner-Leblond, l'avocat de ces deux groupes, est déjà venu me voir à deux reprises pour essayer de connaître mes intentions.

– Nous savons parfaitement ce que vous avez vécu et pouvons imaginer sans mal les moments douloureux qui ont été les vôtres. Mais, avant toutes choses, je voudrais, au nom de mes clients, mais aussi en mon nom personnel, vous présenter nos plus sincères condoléances.

Je n'aurai pas la naïveté de me laisser abuser par la posture compassionnelle des compagnies d'assurances. Pourtant je dois avouer que ce plaideur fit preuve de davantage d'humanité en cet instant que toute ma famille réunie pendant les semaines qui suivirent le drame. Pour académique et conventionnel qu'il fût, ce préambule me parut loyal et sincère, si tant est que l'on puisse user de ce qualificatif à l'endroit du mandataire d'un assureur.

– Je voudrais vous dire que nous ne souhaitons nullement vous brusquer ni tenter d'infléchir votre choix dans un sens ou dans un autre. Ma visite n'a d'autre but que de prendre contact avec vous et de voir, ensemble, si nous pouvons collaborer, au cas où cela s'avérerait conforme à la direction dans laquelle vous souhaitez vous orienter.

Il n'y a certainement plus qu'à Eton que l'on s'exprime avec autant de retenue et de circonspection. Mais c'est là un des charmes de Wagner-Leblond qui par instants ressemble à ces conducteurs qui s'obstinent à manœuvrer avec le frein à main serré. Ne connaissant pas encore les manières de mon interlocuteur, je lui demandai de préciser sa pensée.

– Ce que je veux dire, c'est qu'à un moment donné vous allez devoir faire un choix entre un accord négocié avec Woodcock et Libralift et une procédure en justice contre ces deux entreprises.

– Je n'ai pas encore pensé à ça.

– Bien sûr, je comprends, tout est encore si frais. Mais permettez-moi cette question : avez-vous un représentant, un conseil, monsieur Sneijder ?

– Vous voulez dire un avocat ? Non, personne.

– Peut-être serait-il souhaitable alors que vous en choisissiez un, car dans un domaine aussi complexe et technique que celui qui nous occupe, cela faciliterait sans doute la conduite de votre dossier.

Wagner-Leblond est un homme à fréquenter un club, voire plusieurs. Bien que de langue française, il s'exprime, je l'ai déjà dit, comme un Anglais du meilleur bois, avec componction, paraissant imprégné à chaque instant de la gravité et de l'importance de sa mission. Assis l'un en face de l'autre, dans la lumière froide du salon que réchauffaient les reflets blonds du parquet, nous engageâmes un peu plus tard une conversation dénuée, me sembla-t-il, de toute arrière-pensée, un échange comme nous n'en aurions sans doute plus, pour peu que nous nous retrouvions, cette fois au cœur d'une cour de justice, à défendre des points de vue et des intérêts antagonistes.

– Vous vous êtes spécialisé dans les affaires d'ascenseurs ?

– Un peu par hasard. Vous savez ce que c'est, vous gagnez un jour un dossier pour un ascensoriste et cela suffit à faire de vous un interlocuteur privilégié dans ce secteur d'activité. C'est un univers très spécialisé, très technique. Nous ne sommes pas nombreux à nous y aventurer car chaque procès est unique et demande beaucoup de temps de préparation.

– Vous avez travaillé pour quelles entreprises ?

– À peu près toutes, à l'exception de deux asiatiques. Mes clients réguliers sont Otis et Kone. J'ai aussi conseillé Schindler notamment pour un problème de brevet et défendu Thyssen-Krupp dans une affaire de diffamation.

– Les plus grosses sociétés.

– Vous connaissez ce domaine ?

– J'apprends. Tous les soirs. Je lis pas mal d'articles et de publications spécialisées.

– Ce serait indiscret de vous demander lesquelles ?

– Je viens de commander les dix derniers numéros d'*Elevator World*, qui est, paraît-il, la publication de référence. J'ai terminé un article très documenté, intitulé « Up and Ten Down », paru dans le *New Yorker* en 2008. J'ai aussi lu *L'Intuitionniste*, un roman qui se déroule dans le monde des réparateurs d'ascenseurs, mais qui ne m'a pas appris grand-chose.

– Je ne sais pas ce que vous recherchez à travers ces textes, et je n'ai d'ailleurs pas à le savoir, mais vous avez en tout cas de très bonnes lectures. Permettez-moi cependant de vous suggérer un ouvrage qui est un peu considéré comme la bible de cette industrie, *The Vertical Transportation Handbook*. Il y est en particulier expliqué une chose fondamentale : il convient de ne jamais perdre de vue qu'on ne construit pas un ascenseur dans un immeuble, mais un immeuble autour d'un ascenseur. Il est au centre de tout. C'est lui qui simplifiera votre vie ou au contraire la transformera en enfer.

Wagner-Leblond était un interlocuteur plein de charme et de surprises. Il s'avéra aussi grand amateur de jardins et fin connaisseur du travail de Nakajima, le paysagiste nippon du jardin botanique, dont il avait visité à Cowra, en Nouvelle-Galles du Sud, une réalisation de cinq hectares, inspirée de l'époque d'Edo, et censée représenter en un seul lieu ciselé par la grâce la variété et l'ordonnancement de tous les jardins japonais.

Il prit congé quand la lumière du jour commençait à décliner. Sur le pas de la porte, dans un air froid qui me saisit la nuque, il tendit sa main en disant : « Ce fut un moment très agréable, monsieur Sneijder. J'espère sincèrement que nous nous entendrons. »

Il ne faisait aucun doute que cet homme, que je persistais à croire en partie honnête, possédait également l'art de doser ses effets. Il savait parler aux gens qui souffrent. Des mots justes, simples, efficaces qui le plaçaient toujours à bonne distance. En anglais, on appelle ces hommes des « adjusters ». Leur tâche consiste à usiner les sentiments, à ébarber au maximum la limaille des griefs, à rapprocher et à ajuster, dans les limites de l'acceptable, des univers par essence antagonistes. Lors d'un procès, les « adjusters » sont parfois engagés par les assureurs pour déterminer le prix d'un mort, sa valeur vénale. Et ce en fonction d'un grand nombre de paramètres, comme les circonstances de son décès, la nature de son travail, son rang dans l'entreprise, son âge, sa situation familiale, son style de vie, sa santé, sa réputation, son degré de sociabilité, sa pratique sportive ou, au contraire, son usage de la cigarette. Tous ces paramètres sont ensuite transcrits sous forme d'abscisses et d'ordonnées et il ne reste plus qu'à lire sur le graphique le montant que la compagnie d'assurances aura à coucher sur son chèque.

Je n'imagine pas Wagner-Leblond fouiller ainsi dans les poches des morts. Ni renifler les cendriers ou consulter les listings des salles de gymnastique. Non, lui doit se cantonner au grand livre des règles et des lois régissant le fonctionnement et la sécurité des cabines d'ascenseurs.

Plus je me documente sur ces machines, plus je lis sur le sujet, plus je me retrouve face à une irréfutable évidence : cet accident n'aurait jamais dû avoir lieu.

Il est inenvisageable d'un point de vue technique. Normalement un câble spécifique est connecté à un analyseur qui a pour fonction d'enclencher un second système de sécurité dès que la cabine dépasse de vingt-cinq pour cent la vitesse maximale autorisée. Un dispositif de freinage automatique s'enclenche aussitôt, des patins de bronze viennent se coller sur les rails de descente, et l'ascenseur stoppe en quelques mètres.

Notre décrochage représente une aberration statistique. Par exemple, l'enquête du *New Yorker* révèle que les cinquante-huit mille ascenseurs de la seule ville de New York effectuent tous les ans onze milliards de montées et descentes, soit trente millions par jour. Sur une année, vingt-quatre personnes en moyenne seulement sont blessées à l'occasion de ces trajets. La compagnie Otis a, pour sa part, calculé que ses propres cabines transportent, tous les cinq jours dans le monde, l'équivalent de la population de la planète. Sans pour autant dénombrer d'accidents significatifs. Il est par ailleurs établi que la grande majorité des gens qui meurent dans les ascenseurs sont des employés des sociétés qui les entretiennent. Aucun autre moyen de transport dans le monde ne peut se targuer de telles statistiques ni se révéler aussi fiable.

Et pourtant, le 4 janvier 2011, Marie est morte. Et avec elle, Andrea Teasdale, Bassim Hassiah-Tyhiany et Serge Paquette.

Dans un petit carnet où je prends des notes, j'ai glissé une coupure de presse, provenant d'une banque d'archives canadienne, datée du 10 janvier, période à laquelle j'étais encore dans le coma. On peut y lire : « Depuis le 1er janvier on constate de nombreux cas d'animaux morts de façon soudaine. Après cent mille poissons retrouvés sans vie dans une rivière, cinq mille oiseaux tombés du ciel en Arkansas, puis, le lendemain, des milliers d'autres en Louisiane, en Suède et au Japon, c'est près de deux millions de poissons qui ont été retrouvés morts, le vendredi 7 janvier, dans la baie de Chesapeake, dans l'État du Maryland. Le même jour, on a dénombré quarante mille crabes sans vie entassés sur une plage britannique. »

Quelle était la probabilité que tous ces animaux disparaissent en si peu de temps ? Quels étaient les risques pour qu'une cabine Woodcock, fraîchement révisée, se décroche du monde et nous enterre vivants ?

Cela ne devait pas être, et cependant cela fut.

TROIS

Aujourd'hui je me suis rendu avenue de Lorimier, au siège de la SAQ, pour reprendre quelques affaires et saluer les gens avec lesquels j'ai travaillé ces dernières années. J'appréhendais cette visite. Depuis ma sortie de l'hôpital, j'ai remarqué que je ressens des troubles, jusque-là inconnus. J'ai des difficultés à demeurer à l'intérieur d'un grand bâtiment. J'éprouve alors des bouffées d'angoisse, comme celles qui m'étreignent lorsque je me retrouve dans une pièce avec plus de trois ou quatre personnes. Dès que l'on s'approche de moi, j'ai tendance à faire un pas en arrière, à reculer, comme se rétracte la corne d'un escargot. En revanche, je n'ai aucune appréhension à emprunter des ascenseurs, de toutes générations. Je me laisse transporter sans me soucier le moins du monde des dates de révision ou des capacités admissibles.

Ma visite impromptue se passa plutôt bien. On me traita avec la déférence et la douceur qui siéent à un convalescent. Le responsable du service des approvisionnements me reçut même dans son bureau et tenta, avec une certaine gentillesse, de me faire revenir sur ma démission. Tout cela m'était aimablement proposé, mais je devinais que les coordonnées de mon remplaçant étaient déjà inscrites sur le listing de la société.

– Je suis navré de tout ça, croyez-le bien. Nous étions très contents de votre travail. Nous aurons du mal à vous remplacer.

– Vous avez trouvé quelqu'un ?

La question avait quelque chose d'à la fois moqueur et enjoué. La réponse ne vint pas facilement, les synapses firent quelques pirouettes, mon interlocuteur prit le temps de déglutir, et dit :

– Nous avons pensé à quelqu'un.

C'est à ce moment-là que mes quatre partenaires du service des commandes entrèrent dans le bureau avec ce qui me parut être une caisse de vin, en guise de cadeau de départ.

Négligeant ce geste plein d'attention, mon esprit se focalisa sur la densité de personnes rassemblées dans cette petite pièce dont les cloisons, vitrées dans leur partie haute et pleines à leur base, ne m'avaient jamais paru aussi proches. Nous étions six, plus le bureau, plus deux chaises, plus le mobilier de rangement. Six. Dans à peine neuf mètres carrés.

– On voulait juste t'offrir ces quelques vins de chez toi et te souhaiter bonne chance.

Aussitôt tout mon corps se mit à transpirer et j'eus l'impression qu'on me plaquait une main sur la bouche pour m'empêcher de respirer. J'étouffais, j'avais peur de quelque chose qui pouvait arriver à tout instant, dont chacun de nous pouvait être porteur. Nous étions trop nombreux, beaucoup trop nombreux, et personne ne pouvait savoir, ni comprendre, ni m'aider. Je sentais que je perdais le contrôle, j'avais basculé dans une autre réalité où l'air manquait. Je me mis à gémir, à émettre de faibles plaintes d'enfant, j'essuyai mon visage, il était ruisselant, brûlant, je suffoquai, trois personnes se trouvaient entre moi et la porte, quelqu'un demanda si ça allait, un autre voulut saisir mon bras, *noli me tangere*, il ne fallait pas me toucher, pas au moment où l'on tentait de m'étouffer, je fis alors ce que l'on fait lorsqu'on est sur le point d'être rattrapé par une menace, je filai droit devant moi, aveugle au monde, bousculant tout sur mon passage, m'extrayant de ce bureau qui d'une minute à l'autre, je le sentais, allait se refermer sur moi comme une prison en forme de coquille de verre.

Sur mes jambes encore approximatives, je dévalai les escaliers, m'accrochant à la rampe, prenant appui sur les murs quand c'était nécessaire, puis traversai le hall, pour ne ralentir, une fois à l'extérieur, qu'à une centaine de mètres du bâtiment qui à présent n'était plus menaçant.

Je regardai la vie reprendre lentement sa place et son cours autour de moi. Je ne comprenais rien à ce qui était arrivé. Je ne connaissais même pas l'homme qui venait de s'enfuir comme une bête sauvage. J'observais ses mains tremblant d'une invisible terreur. Je me demandais seulement comment, pour le temps qui nous restait, nous allions parvenir, lui et moi, à vivre ensemble.

J'espérais que ce misérable incident ne sortirait pas des caves ni des archives de la SAQ. Mais deux jours plus tard, sans doute instruite par le sycophante qui m'avait embauché et disait regretter mon départ, Anna ne se priva pas, bien que ce fût soir de poulet, de me rappeler qui j'étais et d'où je venais.

– On m'a dit que tu t'étais fait remarquer à la SAQ.

– J'ai eu un malaise.

– Quel genre de malaise ?

– Une sorte de crise d'angoisse ou de panique.

– Tu fais des crises d'angoisse, toi, maintenant ?

– Pas des, une.

– Tu en as parlé à un médecin ?

– Pas encore.

– Qu'est-ce que tu attends ? Que ça se reproduise ? Que ça s'aggrave ? Est-ce que tu te rends compte de la situation embarrassante et ridicule dans laquelle tu m'as mise ? C'est quand même grâce à mes relations que tu as été pris à la SAQ. Et là, non seulement tu les plaques, mais le jour où ils t'offrent un cadeau d'adieu, toi, tu leur fonces dessus comme un fou furieux et tu t'enfuis.

– Je vois que le rapport a été circonstancié.

– Et le pire, c'est que tu ne m'as rien dit. J'ai eu l'air d'une véritable imbécile quand mon ami de la SAQ, qui d'ailleurs me croyait au courant, m'a raconté ça. Je veux absolument que tu ailles voir quelqu'un.

– Le poulet que tu as acheté, c'est un fermier ?

– Arrête de toujours me poser cette question. Tu devrais le savoir depuis le temps, je n'achète que des fermiers.

Je sais. Tous les mardis et vendredis. Après

66

avoir goûté aux joies de l'Ontario. Je voudrais te dire que je n'aime pas la viande. Ni blanche, ni rouge. Il y a trop de souffrance à l'intérieur. À chaque bouchée, à chaque fois que je mastique, je la sens. Mais tu ne peux pas la comprendre, et encore moins en identifier le goût si caractéristique. Et pourtant, parfois, c'est si écœurant. Ça pèse sur ta langue comme un billot de bois. Et parfois tu ne peux même plus avaler. Fermier ou pas.

Je n'ai aucune intention d'aller consulter. J'ai réfléchi à cette difficulté que j'ai et décidé de l'accepter, de vivre avec. De la même manière que l'on s'accommode d'une claudication après un accident. Peut-être, à la suite de ce qui m'est arrivé, ai-je par moments le cerveau qui boite légèrement. À l'avenir j'essayerai d'éviter les situations à risque. Chaque fois que je le pourrai, je me tiendrai à l'écart des immeubles et surtout des gens qui les habitent.

En vérité, je crois que ce sont les gens bien plus que les immeubles qui me posent problème.

Anna mange. Elle a grand appétit. Chez Bell, il paraît qu'elle fait un travail remarquable. Elle est en train de mettre au point un précieux brevet de commande vocale. Cela ne m'étonne pas qu'elle excelle dans cette branche, elle qui aime tant qu'on lui obéisse à la voix comme à l'œil.

Depuis l'accident, depuis que je suis sorti du coma, j'ai le sentiment d'avoir une perception plus affinée de la réalité. Comme si durant mon sommeil quelqu'un avait monté le son du vacarme du monde. Il me semble qu'il y a dans l'air quelque chose d'enfiévré, d'hystérique. Chacun guette un os à ronger. On sent une sauvagerie latente, un affolement de la vie.

Je ne devrais pas dire ces choses. Dans le contexte actuel, cela me dessert. Je me regarde et parfois je ne me reconnais pas. Mes parents, eux, le pourraient-ils ? Comment me voyaient-ils ? Comme tous ces gens que je croise dans la rue ou différemment ? Mes parents sont morts, ma fille aussi, et sans eux, je n'ai plus aucune idée de la façon dont les gens me voient. Syndrome post-traumatique, dira l'un. Mélancolie résiduelle provoquée par un coma prolongé, tranchera l'autre. Anna sait de quoi elle parle : « Il faut absolument que tu ailles voir quelqu'un. »

Comme tous les soirs, dans un instant je monterai travailler à mon bureau. Lire et apprendre. J'ai vu que ma dernière commande d'*Elevator World* était arrivée au courrier. Accompagnée du catalogue *The Elevator World Source Directory* qui, lui, recense tous les fabricants, consultants, fournisseurs de pièces et autres réparateurs du monde entier. Je ne sais pas ce que je vais faire de tout cela, ni pourquoi je m'enferme obscurément dans ce monde de boîtes qui vont et viennent, la nuit comme le jour, minutieuses fourmis creusant l'épiderme du temps selon des itinéraires immuables, semblables à nos vies qui, elles aussi, passent et puis s'en vont.

Je pense à la mémoire, à son emprise accablante, à ces lests écrasants qu'elle dépose en nous avec une constance désarmante. Parfois lorsque je suis en haut, à ma table, ou dans mon lit, à attendre le sommeil, je la sens se glisser à mon côté, serpent à l'épiderme glacial, afin de m'infliger les films de ses archives, tout ce que je n'aurais pas dû voir, tout ce que je redoutais d'entendre, le fin fond de l'ascenseur, le sang de mon enfant, les lèvres mortes de ma mère qui pour la première fois ne me rendent pas mon baiser, mon père qui pleure dans sa voiture, Gladys qui part de la maison. Et moi, greffier calamiteux, prenant note de tout cela, je mentionne les détails, classe les souffrances, range les pertes, répertorie les morts, et surtout, immobile et vivant, je continue de me souvenir encore et encore dès que tombe le soir et tarde le sommeil.

On ne devrait plus se rappeler d'où l'on vient ni où l'on va. J'aimerais appartenir à une espèce amnésique, conçue pour vivre au jour le jour, débarrassée de l'histoire, filant sa vie au gré des rythmes nycthéméraux. Sans aucun patrimoine. Ni passif. Ni génétique. Pas de lien, pas de caryotype. Une aube, un jour, et voilà tout. Chaque matin l'odeur du neuf. Et tout un monde à flairer. Je ne sais à quoi pourrait bien ressembler une pareille vie, mais elle ne pourrait être pire que celle que nous essayons de mener sous l'envahissant protectorat de la mémoire.

Ce soir, en étudiant ma documentation, j'ai partiellement réussi à échapper à son emprise en lisant une curieuse histoire survenue en 1999 à un certain Nicholas White, à l'époque âgé de trente-quatre ans et journaliste à *Business Week*.

Cette nuit-là, à onze heures, cet homme travaille encore, avec quelques collègues, à un numéro spécial que prépare le magazine, dont les bureaux sont situés au quarante-troisième étage de l'immeuble

McGraw-Hill, à New York. Un peu avant minuit, White fait une pause. Il regarde un instant un reportage sportif à la télévision et décide d'aller fumer une cigarette devant le hall d'entrée de l'immeuble. Il laisse sa veste sur sa chaise et dit à ses collègues qu'il revient cinq minutes après. En bas, il allume sa cigarette, fait quelques pas pour se détendre, et, toujours en bras de chemise, remonte finir son pensum. Dans cet immeuble adossé au Rockefeller Center, les ascenseurs sont nombreux. Il en choisit un au hasard, un express, le numéro 30, qui offre l'avantage de ne desservir que les étages au-delà du trente-neuvième. L'engin commence normalement son ascension, puis les lumières s'éteignent, se rallument, et il finit par se bloquer. Seul dans la cabine, White inspecte le tableau de commandes et appuie sur la touche de l'interphone. En guise de réponse, il n'obtient qu'un long silence grésillant. Il presse le bouton de la sonnette d'alarme dont le faible timbre de réveille-matin ne peut raisonnablement alerter personne.

White s'assied dans un coin et se dit que quelqu'un finira bien là-haut par s'apercevoir de son absence et que les caméras de surveillance dont sont dotés tous les ascenseurs révéleront sa présence au personnel de garde de l'immeuble.

Pour patienter, White fait l'inventaire de ses poches. Le butin est maigre : trois cigarettes et deux Rolaids, des pastilles médicinales utilisées contre les maux d'estomac.

Les heures tournent et peu à peu s'installe en lui cet étrange sentiment que quelque chose de singulier est en train de lui arriver. White a laissé sa montre sur son bureau et la texture du temps se fait de plus en plus floue. Il n'y a maintenant plus d'heure, seulement de la fatigue, un abattement au fond duquel gigote encore un peu d'exaspération. Comment ses collègues auxquels il a dit qu'il remontait cinq minutes après ont-ils pu à ce point se désintéresser de son sort et quitter le bureau en passant devant son ordinateur allumé, sa veste, sa montre et toutes ses affaires ? « Je reviens dans cinq minutes », c'est bien ce qu'il leur a dit. Et le jour est peut-être déjà en train de se lever. White s'allonge sur la moquette de l'ascenseur. Vue sous cet angle-là, elle lui apparaît d'une saleté repoussante avec toutes sortes de choses incrustées dans les fibres, des rognures d'ongles entre autres. Il note ce détail qui le dégoûte plus que tout. Il essaye de dormir un peu, en vain. L'énervement a repris le dessus. Il fume une cigarette, une deuxième, et enfin la dernière. Il n'a plus que deux Rolaids et une soif terrible. Il réappuie sur l'alarme, trafique l'interphone, crie aussi fort qu'il le peut, s'agite devant la caméra dans l'espoir de se faire remarquer sur les écrans de surveillance. Il repense à tous ces types qui travaillent avec lui, qui profitent en ce moment de leur week-end et qui sont partis en le passant, lui, par pertes et profits. Il voudrait s'allonger mais il y a les ongles. Et le reste. Et aussi cette lumière du plafonnier, aveuglante, têtue.

White a une soif terrible. Et puis envie d'uriner. Il tourne dans sa cage. Tente de faire coulisser les portes. Il y parvient en partie et devine le chiffre 13 peint sur le béton. Il est bloqué au treizième. Il n'y tient plus, il urine contre le mur extérieur. Il ne comprend toujours pas comment tout cela est possible. Il y a huit gardes au poste central, huit types dont le seul boulot est de surveiller des écrans de contrôle. Et White est sur l'un d'eux. Il bouge pour attirer l'attention mais personne ne remarque rien. Il n'y a plus d'heure ni de temps, juste une cabine d'où rien ne filtre, dont nul ne sort et où personne n'entre. White pense alors à s'enfuir par la trappe du plafond comme il l'a vu faire dans des films. Il escalade les parois mais constate que l'ouverture est scellée. Il s'allonge. Accepte la proximité des ongles. Utilise ses chaussures comme oreiller. Vide son portefeuille, l'ouvre en grand et le dépose sur ses yeux, à la façon d'un masque, pour se protéger de la lumière. Il prend un peu de repos puis se relève, refait cent fois les mêmes tentatives pour donner l'alerte. Les cris. L'interphone. L'alarme. La sonnerie. L'ouverture des portes. Et encore des appels à l'aide.

Un jour déjà. Peut-être deux, qui sait. Les Rolaids, la soif, les idées bizarres qui se mettent à rôder. La peur que les câbles ne lâchent. La peur qu'on ne s'aperçoive pas avant des jours et des jours qu'il est prisonnier de la cabine. La peur de mourir là-dedans. De disparaître à jamais des écrans. Il s'allonge de nouveau. Plus tard, les caméras vidéo montreront qu'il est resté ainsi, immobile, pendant quatre heures. Il dort donc pour la première fois. Il ne le sait pas encore, mais le week-end vient de finir et la semaine de commencer. Et puis, quelque chose le réveille en sursaut. C'est une voix grave qui sort du haut-parleur et répète : « Est-ce qu'il y a quelqu'un là-dedans, est-ce que vous m'entendez ? » White bondit sur l'interphone : « Putain, sortez-moi d'ici. » Le sauvetage s'organise. Pendant ce temps, la voix demande à White s'il veut quelque chose. Et White dit oui, une bière.

Dans le hall de l'immeuble, des journalistes de télévision sont déjà là. Tous veulent l'interviewer. White se tait, se fait accompagner par un garde à son bureau, prend sa veste, ramasse ses affaires et rentre chez lui. Il ne remontera plus jamais au quarante-troisième étage. Et ne reviendra pas davantage travailler à *Business Week*. Il en veut confusément à ceux qui l'ont oublié ce vendredi soir, ceux qui ont simplement continué à vivre leur vie. Il en veut aux gardiens, qui ont été huit à se relayer devant les écrans sans jamais le remarquer lui et ses Rolaids. Il en veut à la société d'entretien de l'immeuble pour son incompétence et sa négligence. Il en veut aussi à tous ces gens qui pourrissent les ascenseurs avec leurs ongles.

En quelques jours White devient une petite célébrité, courant les plateaux de télévision new-yorkais, racontant cent fois son voyage immobile, entretenant sa légende urbaine, s'enfermant à la fin dans une posture procédurière et revendicatrice.

Il refuse de reprendre son travail, estimant que, s'il agissait ainsi, il minorerait l'ampleur du traumatisme et du préjudice qu'il prétend avoir endurés. Il choisit un avocat intrépide, réclame vingt-cinq millions de dollars à la société de maintenance de l'immeuble et part en vacances à Anguilla pour huit semaines. À son retour, il renonce au procès et signe une transaction inférieure à un million de dollars.

Ensuite ? Il dépense son argent, se retrouve très vite sans le sou, perd son appartement, les quelques amis qui lui restaient et le dernier espoir de décrocher un emploi semblable à celui qu'il avait occupé à *Business Week* durant quinze années. Aujourd'hui il n'a toujours pas de travail. Lorsqu'on lui parle de cette histoire, il dit : « Quand, ce soir-là, je suis entré dans cet ascenseur, j'étais un homme comme les autres, avec des projets et une vie qui ressemblait à quelque chose. Quand j'en suis ressorti, quelques jours plus tard, je ne savais plus qui j'étais, ce que je faisais dans ce hall, ni ce que me réserverait l'avenir. »

Je suis couché et je ne dors pas. Je me demande ce que fait White à cette heure-ci. S'il réussit à dormir ou s'il avale des Rolaids pour calmer ses aigreurs. À côté de ce qui nous est arrivé ici, rue Saint-Antoine, cette histoire n'existe pas. Et pourtant, de manière inexplicable, elle me touche. Elle me fait penser à la remarque de Wagner-Leblond : « L'ascenseur est au centre de tout. C'est lui qui simplifiera votre vie ou la transformera en enfer. »

Anna dort profondément. Cela fait si longtemps que nous n'avons pas eu de relations sexuelles que j'avoue avoir du mal à l'imaginer en train de siphonner l'Ontarien. Alors que, si j'en juge par la quantité de volailles que j'ai ingurgitée depuis deux ans, il ne fait aucun doute que leur entente est parfaite.

Par la fenêtre j'aperçois les branches d'un chêne et, au-delà, les lumières de la rue dont la luminance est atténuée par des voiles de pluie. Anna fait parfois de petites apnées qui se terminent par un léger ronflement. Il m'arrive d'espérer qu'un soir elle ne puisse pas reprendre sa respiration, que sa poitrine et sa vie restent indéfiniment en suspens. J'adorerais pouvoir me délecter des situations qui en découleraient. À mes fils éplorés, dès leur descente d'avion, je dirais quelque chose comme « Votre mère est morte d'une maladie nosocomiale », ce qui est en soi, j'en conviens, assez dégoûtant. Ensuite, l'air merveilleusement accablé, je leur tendrais l'urne dorée comme un poulet fermier, contenant les cendres encore chaudes de leur maman adorée. « Elle sort juste du four. » Et là, je verrais les jumeaux dévastés, imbéciles appareillés toujours à l'unisson, oui, je verrais mes fils fondre en larmes et devenir humains pour la première fois.

Anna respire tout à fait normalement. Elle vivra cent ans, à l'image de tous ces gens qui ne s'encombrent pas d'affects et puisent dans la vie comme dans une caisse à outils. À chaque problème, sa solution, tout se règle, la clé Allen ou le tournevis Philips ont été inventés pour ça. La commande vocale aussi. Et tout est dit.

Je ne sais pas si je vais parvenir à trouver le sommeil, cette nuit. Toutes ces pensées qui se pressent et m'envahissent à la même heure, les souvenirs, les lectures. On ne devrait pas avoir besoin de dormir. C'est trop de vie gâchée.

Il y a deux jours, j'ai eu au téléphone un de mes petits-fils. Il m'a raconté tout un tas de choses qui n'avaient pas grand intérêt, puis sans doute sur l'insistance de sa mère que j'entendais tourner autour du combiné comme un bourdon en été, il s'est essayé à un exercice de politesse.

– Tu n'es plus à l'hôpital ?

– Non, c'est fini.

– Alors tu n'as plus mal ?

– Du tout.

– Tu as quel âge ?

– Soixante ans.

– Et quand est-ce que tu vas mourir ?

Il est rare de s'entendre poser une pareille question. J'ai trouvé son interrogation assez pertinente, mais je n'ai vraiment pas su quoi répondre. Et c'est à ce moment-là, sans doute pour préserver les convenances, que le bourdon maternel a repris l'appareil.

Combien d'années à vivre reste-t-il à White ? À trente-quatre ans aurait-il dû remonter au quarante-troisième étage, allumer son ordinateur et s'asseoir sur sa chaise comme si de rien n'était ? Aurait-il dû accepter une invitation de ses collègues pour assister à un match de base-ball et oublier à jamais les rognures d'ongles ? Et pourquoi pas, un jour, déjeuner avec son chef de service, lequel, pour les besoins de l'enquête, l'avait vu, sur les vidéos, dormir sur ses chaussures et pisser contre le mur du treizième étage. Nos vies ont des parcours étranges. Et les ascenseurs des pouvoirs singuliers. Parfois ils vous entraînent dans leur chute. Parfois ils se contentent de saccager votre existence en vous gardant simplement quelques heures avec eux.

QUATRE

Je passe beaucoup de temps à consulter les offres d'emploi. Compte tenu de mes maigres qualifications et de mon impossibilité désormais d'exercer des tâches de bureau avec mes nouvelles crises d'angoisse, il ne me reste pas un choix très large. D'autant qu'il ne serait pas très raisonnable d'imaginer proposer quelques musiques d'attente à Bell Mobilité ou Fido Cellulaire. Je dois reconnaître aussi que mon âge constitue un handicap à ne pas négliger.

Malgré ces difficultés, j'ai fini par trouver quelque chose. Un métier, si l'on peut qualifier ainsi une pareille occupation, exercé en général par des étudiants ou des jeunes gens désireux d'améliorer leur ordinaire. L'annonce, écrite en français, mais traduite également en anglais, me rappelait, par certaines formulations, les compétences dont devaient faire preuve les releveurs de compteurs d'Hydro Québec : « Promeneur de chiens / Dog walker. Longues promenades en groupe, été comme hiver. Chiens toutes races. Expérience et connaissance des animaux souhaitées. Service et conseils à la clientèle. Possibilités d'extras à l'occasion des concours, pendant les week-ends, en tant que handler. Contacter DogDogWalk / île des Sœurs. »

Dog walker n'est pas une activité très répandue en France. À l'exception des sociétés installées dans les grandes villes, cette offre de service typiquement anglo-saxonne n'est pas encore parvenue à s'implanter sur le Vieux Continent et il est assez rare de voir dans nos parcs et nos jardins une horde de mâtins tracter un pauvre hère s'appliquant à réguler et réfréner les comportements erratiques de ses pensionnaires.

Handler, c'est tout autre chose. Le handler est considéré comme le dépositaire d'un savoir-faire, et la profession compte d'ailleurs quelques divas que les éleveurs s'arrachent. Habillé, au mieux, comme un témoin de Jéhovah, le handler est ce personnage ridicule, à mi-chemin entre le danseur mondain et le coureur de haies, qui, en souliers vernis, mène les chiens de concours sur les estrades – les rings –, trottine à leur côté d'un air concerné, les présente au juge en leur soulevant la queue, un peu comme l'on tient une traîne ou la corde d'un pendu, afin de leur donner un peu de bouffant et d'allure. Le week-end, la télévision retransmet à loisir ces manifestations qui pullulent dans le pays et rassemblent éleveurs et amateurs de chiens, tout un public capable de passer des heures à commenter les bienfaits de telle nourriture animale censée faire scintiller les poils des chiens, fortifier leurs os, récurer leurs dents, augmenter leur tonus tout en prolongeant, évidemment, leur insouciante vie.

DogDogWalk est situé sur l'île des Sœurs, cette

même bande de terre de 3,74 kilomètres carrés où est implantée la compagnie d'Anna. Le fleuve, l'eau, de vastes zones boisées, des parcs, des jardins, un golf, des tours de verre, des architectures signées Mies van der Rohe, d'épaisses maisons bourgeoises, quelques pontons de bateaux, des voitures de luxe, et juste ce qu'il faut de commodités pour rendre service. Quand on se promène dans cette enclave paysagée, on comprend facilement pourquoi DogDogWalk s'y est installé. L'argent y est roi et les chiens en sont les princes. Ils sont si nombreux que l'on a parfois le sentiment que les hommes ne sont là que pour leur tenir compagnie.

Le local de DogDogWalk se trouve dans la partie ouest de l'île. Un petit bâtiment en brique de parement, agrémenté d'un jardin et de quelques saules aux franges rebelles.

– Bonjour, je viens pour l'annonce.

– C'est vous qui avez appelé tout à l'heure ? Monsieur Sawyer, c'est ça ?

– Sneijder.

– Excusez-moi. Bienvenue.

Yorgos Charistéas se présenta à moi comme « l'âme de la compagnie ». Il donnait l'impression d'avoir quarante ans et un passé compliqué. Il ne possédait aucun style, pas d'élégance ni de charme, semblait heureux d'être en vie et jouait en permanence avec le bracelet métallique d'une montre grossièrement contrefaite.

– Ne le prenez pas mal mais, comment dire, je vous voyais plus jeune. D'habitude, ici, nous employons des étudiants ou des personnes à la recherche d'un premier emploi. Visiblement ce n'est pas votre cas. Mais ça n'a pas d'importance. Vous m'avez dit au téléphone que vous étiez français et que votre femme travaillait sur l'île.

— Oui, chez Bell.

Comme je lui remettais un bref curriculum vitae, Charistéas parut agréablement surpris par le fait que j'ai été employé pendant plusieurs années par la SAQ, institution qu'il avait l'air de tenir en très haute estime. Tripotant sa montre avec nervosité, il dit :

— Vous connaissez le métier ? Vous avez déjà travaillé pour une entreprise comme la nôtre ?

— J'ai promené des chiens mais je n'ai jamais été payé pour ça.

— Et handler ? Ça vous dit quelque chose ?

— J'ai vu quelques présentations à la télévision.

— Vous avez une bonne condition physique, pas de problèmes articulaires ?

— Ça va.

— Et les chiens ? Vous aimez les chiens ?

— J'en ai eu.

— Et alors ?

— Ils sont morts.

Charistéas passa à plusieurs reprises le gras de son index sur sa lèvre inférieure comme s'il voulait en vérifier le poli. Il ouvrit un dossier, le referma, prit quelques notes qui semblaient avoir un caractère d'urgence, joua avec son bracelet doré, regarda subrepticement l'heure, puis se cala contre le dossier de son fauteuil qui émit un craquement pareil à un raclement de gorge.

— Monsieur Snapper…

– Sneijder.

– Excusez-moi, j'ai toujours quelques difficultés à retenir les noms. Voilà, je vous avoue que je suis partagé. D'abord j'ai du mal à comprendre pourquoi un homme de votre âge qui a votre parcours professionnel postule à un emploi d'étudiant, sans réelle évolution possible. Ensuite, vous n'avez visiblement aucune expérience de ce travail. De notre côté, vous pouvez représenter un plus pour notre société et notre clientèle en incarnant l'image d'un homme responsable auquel on n'a aucune réticence à confier son chien. Et là votre âge devient un atout. Vous êtes beaucoup plus rassurant qu'un petit branleur de vingt ans. Qu'est-ce que vous en pensez ?

– Vous connaissez mieux vos clients que moi.

– Vous seriez prêt à faire plusieurs tournées par jour et à ramener ensuite certains chiens chez eux ? Ou à les déposer chez le vétérinaire ?

– Il faut ramener les chiens chez eux ?

– Seulement ceux dont les maîtres ont payé pour ça. On facture tous les services. Vous seriez prêt alors à faire une semaine à l'essai et, si tout va bien, à vous engager avec nous sur la durée ? Et à suivre une formation accélérée de handler ?

– Pourquoi pas.

– Les concours, c'est en général un week-end sur deux. Quant aux promenades, pendant les beaux jours, ça va, mais en hiver, c'est plus difficile. Vous vous sentez capable de marcher trois quarts d'heure dans la neige avec sept ou huit chiens ?

– J'ai besoin de ce travail, monsieur Charistéas. Ce n'est pas une question d'argent.

– En tout cas, voici le détail de nos tarifs. Onze dollars pour une sortie pipi. Durée : quinze minutes. Trente minutes de marche privée, seize dollars. Trois quarts d'heure de promenade collective, seize dollars par chien. Prendre un chien chez le vétérinaire et le ramener, vingt-cinq dollars. Un convoyage en taxi aller-retour, trente dollars en plus du prix de la course. Un accompagnement de l'animal dans un salon de sociabilisation, trente dollars.

– C'est quoi un salon de sociabilisation ?

– Un endroit où les chiens se retrouvent pour jouer avec d'autres chiens et perdre leur agressivité. Les sommes que je vous ai indiquées sont celles que nous facturons au client. Vous toucherez trente pour cent sur les promenades et les sorties. Si vous travaillez en moyenne cinq heures par jour, compte tenu de la demande, vous devriez gagner entre cent et cent vingt dollars, en hiver, un peu plus en été. Les circuits des promenades sont toujours les mêmes et nous ne travaillons qu'avec des vétérinaires locaux. Pour ainsi dire nous ne sortons jamais de l'île. Quant aux tarifs des handlers, cela dépend de leur savoir-faire, de leur cote, de leur façon de toiletter, de leur habileté à masquer les défauts d'un chien, bref de leur réputation. Disons que cela peut varier de soixante dollars pour un débutant à sept cents dollars par présentation pour un « top handler ».

Voilà où nous en étions quand un jeune type d'une vingtaine d'années entra dans le bureau et posa une espèce de longe sur la table. Il s'excusa de nous déranger et, d'un air contrarié, signa ce qui semblait être un cahier de présence ou un emploi du temps.

– Des problèmes, Gérard ?

– Le chien de monsieur de Lappe a encore essayé de me mordre. Je vous le dis, monsieur Charistéas, un jour il va arriver quelque chose avec cet animal.

La montre du patron de DogDogWalk fit des loopings, son index recommença à s'acharner sur sa lèvre, et il hocha la tête à la manière d'un dirigeant de multinationale sur le point de prendre une décision engageant l'avenir de son groupe. Le jeune homme quitta la pièce, m'offrant ainsi un surcroît d'espace et éloignant d'autant tout risque de crise d'angoisse.

– Le chien de monsieur de Lappe est un vrai problème. Je vais devoir régler ça. Annuler son contrat avec nous. À regret, mais je dois le faire. Nous ne devons pas prendre le moindre risque. C'est trop grave. Qu'est-ce que vous pensez de nos conditions salariales, monsieur…

– Pas de problème pour vos tarifs.

– Et vous pourriez commencer quand ?

– La semaine prochaine.

– Excellent.

Avec une certaine fébrilité, Charistéas sortit un carnet de sa poche et se mit à en contempler les pages avec ravissement.

– Vous aimez les chiffres ? Les chiffres, je n'ai que ça en tête, des chiffres, des chiffres et encore des chiffres. Sur mon carnet j'ai noté les nombres premiers jusqu'à 50 000. L'autre jour, sur le calendrier, je vois marqué 2011, dont je sais que c'est un nombre premier. Je me rends compte alors que si on lit ce chiffre en miroir on obtient : 1102. Là, allez savoir pourquoi, je multiplie 1102 par 2011 et je trouve 2 216 122. Vous vous rendez compte ? Un nombre palindromique. On peut le lire dans les deux sens. Allez-y, vous pouvez essayer.

Tel était mon nouveau patron, grec d'origine, gratteur de montre invétéré, légèrement désaxé, vivant à mi-chemin entre les hommes et les chiens, avec en poche de quoi taquiner le fameux théorème de Fermat sur la théorie des nombres, laissé en plan, il y a trois cent cinquante ans, avec cette superbe annotation de l'auteur avant qu'il ne disparaisse : « J'ai trouvé une merveilleuse démonstration de cette proposition mais la marge était trop étroite pour la contenir. »

– 2 216 122, c'est pas mal, hein ? Et vous savez quelle est la prochaine année qui sera aussi un nombre premier et donnera un produit palindromique si on le multiplie par son chiffre en miroir ? 2111. Regardez : 2111 multiplié par 1112 égale : 2 347 432.

Je ne connais rien des ressorts qui animent cette sorte d'homme. Ni des origines possibles de tels frissons mathématiques. De Charistéas je dirais simplement qu'il me parut hermétique au malheur, comme s'il avait toujours en réserve quelques démonstrations dans son calepin noir parce qu'il savait confusément que les marges de la vie « étaient trop étroites pour les contenir ».

Au moment de nous séparer, sous l'enseigne en lettres anglaises dorées de DogDogWalk, Charistéas me prit la main et la garda un instant dans la sienne, à la façon de ces pasteurs ascétiques bien trop longtemps sevrés de chair.

– Excusez-moi de vous poser cette question qui n'a rien à voir, mais vous vous êtes quittés en bons termes avec la SAQ ?

– Absolument.

– Est-ce que vous pourriez m'avoir quinze bouteilles d'ouzo « 12 » des frères Kalogiannis ? Et à un bon prix ? Vous croyez que c'est possible ?

Je rentrai à la maison de bonne heure, bien avant le retour d'Anna, avec un vague sentiment de devoir accompli. J'avais un nouveau travail et la promesse d'un revenu qui pourrait couvrir mon modeste train de vie. Cela durerait le temps que cela durerait. Et puis l'hiver et la neige allaient disparaître dans un mois. Ensuite, ce serait l'attente impatiente des beaux jours.

En arrivant chez moi, je vis deux électriciens qui entraient et sortaient de la maison avec toutes sortes de câbles et de boîtiers à la main. Je pensai d'abord qu'il s'agissait d'employés de la compagnie du téléphone ou de la télévision. Mais leur office était tout autre. Ils travaillaient pour *Locksmith Digital* et m'expliquèrent que madame Sneijder leur avait laissé le double des clés pour qu'ils puissent installer le nouveau système d'alarme. Me sentant perplexe, ils s'employèrent à me vanter les mérites des centrales et capteurs de nouvelle génération, des détecteurs de présence et d'ouverture bitechnologiques qu'ils avaient couplés avec un kit de détection extérieure et une alarme de pré-intrusion, parlante d'abord, hurlante ensuite, censée faire fuir les malfaiteurs avant même qu'ils aient accompli la moindre tentative pour le devenir. « D'ici une heure tout sera terminé », dit le plus aguerri. « Ah oui, dans une heure, facile », renchérit son assistant. La commande d'Anna était en voie d'achèvement.

Biens et personnes seraient donc bientôt à l'abri. Pour autant, je ne pouvais pas comprendre ce qui poussait ma femme à s'équiper d'une pareille protection, ni quelle trouble crainte pouvait bien l'étreindre. Nous n'avions jamais rien possédé qui ait dépassé la valeur d'un canapé d'angle de chez Ikea et voilà qu'elle dépensait des sommes qu'une robuste banque de dépôt n'aurait jamais accepté d'investir pour sa sécurité.

À son retour, Anna me demanda si les électriciens étaient venus. Je lui répondis que oui, que tout était en ordre, que nous étions protégés de tout, sauf sans doute de nous-mêmes. Elle me regarda comme un chef de service indisposé, passa au salon et alluma la télévision. Tandis que la voix du speaker emplissait peu à peu le rez-de-chaussée, je montai dans mon bureau où m'attendait ma documentation. J'ouvris un numéro d'*Elevator World* que j'avais commencé la veille et qui traitait notamment de l'espace alloué à chacun à l'intérieur d'un ascenseur. L'analyse reposait sur une étude proposée par un certain John Fruin dans un livre publié en 1971 et intitulé *Pedestrian Planning and Design*. L'auteur avait introduit à l'époque la notion d'espace personnel qu'il avait représenté sous la forme d'une ellipse censée englober la corpulence humaine. Cette figure oblongue mesurait soixante centimètres de long et quarante-cinq dans sa plus grande largeur.

Telle était donc la place qu'occupe un homme sur cette terre. Le chercheur s'était appliqué à déterminer aussi les surfaces minimales pour un passager, dans les transports en commun. Soit 0,27 mètre carré dans le métro et 0,18 mètre carré dans un ascenseur. Un autre chercheur spécialisé dans des études de proximité établit ensuite que, pour un être humain, un territoire de 0,90 mètre carré minimum constituait une zone d'intimité acceptable, à condition que les corps soient au moins séparés de quarante centimètres : en deçà, tout homme était indisposé par la chaleur et l'odeur corporelles de son voisin. D'autres expériences, plus sournoises, avaient démontré que dans un ascenseur bondé, occupé exclusivement par des femmes, celles-ci acceptaient de se contenter d'une minuscule surface au sol de l'ordre de 0,13 mètre carré. En revanche, dès que l'on introduisait des hommes dans la cabine, ces mêmes femmes réclamaient alors un minimum de 0,18 mètre carré.

Je lus tout cela sans vraiment savoir pourquoi. J'avais seulement l'impression qu'au travers des vicissitudes de ces étranges machines, c'était l'histoire de notre monde et de notre espèce que l'on était en train de me raconter. Pourquoi en est-on venu à diviser ainsi cette terre en minuscules quartiers d'orange ? Comment nous a-t-on dressés pour que nous acceptions de nous tenir tranquilles sur une si misérable surface ? Qui nous a appris à nous agréger en silence sur un cinquième de mètre carré et à considérer que la pleine jouissance de 0,90 mètre carré de notre sol suffirait à notre « confort » ?

Dehors, la nuit était calme, les alarmes pré-intrusives veillaient, je pensais au mathématicien Pierre de Fermat, dont on disait qu'il aimait habilement dissimuler ses trouvailles, je pensais aux oiseaux tombés du ciel et aux poissons noyés, je pensais aux cendres de ma fille qui reposaient à côté et hantaient chaque jour de ma vie, je n'arrivais pas à dormir, plus que jamais convaincu que les marges de nos vies sont trop étroites pour contenir la somme de nos rêves et le miroir de nos intuitions.

Vers six heures du matin, les stridences insupportables des alarmes de nouvelle génération démontrèrent spontanément leurs réelles capacités de nuisance. Soufflé par cette tempête de décibels, paralysé au milieu de ce vacarme étourdissant, il me fallut un certain temps pour prendre conscience que nous étions en train de payer notre premier tribut à cette technologie si fine, si sensible et si prompte à rendre service. Aux yeux de ces engins, tout mouvement détecté devant le porche et sur la terrasse méritait d'être signalé et ce d'autant plus que ces capteurs zélés ne faisaient aucune différence entre les pattes d'un écureuil sautillant et une paire de Doc Martens. Passé le premier choc, je me précipitai sur le tableau électrique pour mettre l'entier du système hors circuit. Dans cette ambiance angoissante, au point qu'elle rendait soudain le pire envisageable, mes gestes se firent maladroits et la procédure prit plus de temps que prévu. Quand le silence retomba, je me sentis enfin en sécurité, préservé de ces machines censées nous tranquilliser et nous protéger. Il était évident que nous venions de faire profiter la grande majorité des gens du quartier des ultimes progrès de la dernière technologie pré-intrusive. Debout en haut de l'escalier, pareille à une déesse antique, Anna, drapée dans son peignoir de bain, semblait furieuse : « Il va falloir qu'ils reviennent régler ces appareils. Et tout de suite. C'est inadmissible. »

Je faisais confiance à la spécialiste de la commande vocale pour notifier, ordonner, sommer et trancher. Pour moi, la nuit était terminée. Quant à ma vie future auprès de ces machines, ma religion était faite : quels que fussent les réajustements que les techniciens apporteraient à la sensibilité de nos capteurs, à partir de demain et tous les soirs avant de me coucher, j'irais débrancher le système.

Autrefois j'aurais mis à profit un pareil réveil matutinal pour préparer son petit déjeuner à Anna, lui peler une orange, une pomme, lui faire un café ou du thé, dresser la table, mettre du pain tranché dans le toaster. Aujourd'hui, nous sommes devenus si étrangers l'un à l'autre qu'une telle attention me paraîtrait totalement déplacée.

En fin de matinée, les deux poseurs d'alarmes déployèrent leurs échelles, installèrent leurs escabeaux et commencèrent à monter, descendre et gesticuler, leurs appareils de mesure à la main. Ils semblaient davantage perdus qu'opérationnels. On les sentait tâtonnants et approximatifs. Je les laissai à leur perplexité sans leur faire part de ce que serait mon option radicale, une fois la nuit tombée. Ils me firent sursauter à trois reprises en testant l'efficacité de leurs améliorations, les alarmes gueulant à faire fondre les fils d'alimentation. Lorsqu'ils rangèrent leur matériel, les progrès étaient inexistants et les machines détectaient les écureuils avec le même zèle avide.

– Voilà. On a terminé, dit le chef d'équipe. Tout ça reste, malgré tout, encore un peu sensible.

– Ça veut dire quoi, sensible ?

– Que ça peut encore se déclencher comme hier, si un animal passe.

– Je ne crois pas que ma femme vous ait commandé ces appareils pour faire fuir les animaux.

– Je suis d'accord. Mais qui peut le plus peut le moins.

– Ce qui veut dire que ça va hurler à tout bout de champ ?

– C'est le risque. Là on a réglé les capteurs au minimum mais, vous l'avez entendu, c'est quand même limite. Et quand c'est parti, c'est parti, ça c'est sûr, c'est pas agréable. D'un côté, ce qui doit vous rassurer, c'est que vous êtes protégés à cent pour cent. Et ce que je dis toujours aux clients, c'est qu'il faut voir ce système comme un médicament puissant. Et tous les médicaments puissants ont des effets secondaires. Tous les médecins vous le diront.

Face à Anna, l'apprenti pharmacologue aurait eu fort peu de chances de pouvoir mener son explication à terme et il serait remonté fissa au sommet de son échelle pour apprendre, une bonne fois pour toutes, la hiérarchie des urgences à ses capteurs hyperactifs. L'électricien ignorait aussi que, grâce à mes résolutions radicales, il avait devant lui l'homme qui allait le protéger des intrusions répétitives que ma femme n'aurait pas hésité à mener contre son domaine, le menaçant, le harcelant jusque dans « sa sphère de confort », qu'elle aurait réduite bien en deçà des 0,90 mètre carré préconisés par l'auteur de *Pedestrian Planning and Design*.

Sitôt franchi le seuil de l'entrée, ma femme m'interrogea sur les travaux effectués par les gens de *Locksmith Digital*. Je lui répondis évasivement qu'ils avaient fait ce qu'ils avaient à faire.

Je ne m'étais pas encore entretenu avec Anna de mon futur travail sur l'île. Je savais par avance ce qu'elle en penserait. Après dîner, je pris place sur le canapé où elle finissait un verre de vin rouge en égrenant, l'esprit distrait, les chaînes de la télévision.

– J'ai trouvé un nouveau travail.

– Un emploi de bureau ?

– Pas vraiment. C'est plutôt un travail au grand air.

– Comment ça, au grand air ?

– Dehors. Dans les rues. En fait, c'est sur l'île.

– Sur l'île des Sœurs ?

– Oui.

– Et c'est quoi ce travail ?

– Dog walker.

Je choisis la terminologie anglaise pour atténuer le choc, amortir l'impact dont je n'ignorais pas qu'il pouvait être violent.

– Dog quoi ?

– Dog walker, promeneur de chiens. Et certains week-ends, handler dans les concours.

– Tu vas promener des chiens ? Tu vas promener des chiens sur l'île des Sœurs ?

– C'est ça.

– Tu t'es fait embaucher, à ton âge, comme promeneur de chiens ? Mais c'est un boulot de gamins, ça ! Ça n'a aucun sens ! Tu vas me faire le plaisir de laisser tomber cette idée. Je crois vraiment que tu perds la tête.

– Je vais faire ce travail. Et je commence lundi prochain.

– Et handler, c'est quoi ?

– Il faut présenter des chiens de race dans des concours, courir à côté d'eux. C'est un peu ridicule, mais ce n'est que deux fois par mois.

– Un peu ridicule ? Promeneur et montreur de chiens. Enfin, tu as pensé à moi quand, chez Bell, mes amis vont me demander ce que tu deviens et que je vais devoir leur répondre : « Il va bien, il a remonté la pente et trouvé un emploi qui lui convient, il promène des chiens. » Je ne peux pas croire que tu aies pu imaginer faire une chose pareille !

– Écoute, pense ce que tu veux, mais pour le moment cet emploi me convient parfaitement. J'ai besoin de temps, besoin d'être dehors, de marcher. Je n'arrive plus à vivre comme avant.

– Eh bien, dans ce cas, fais-toi soigner ! Il y a des gens dont c'est le métier. Tu espères quoi, avec tes chiens ? Est-ce que tu te rends compte ?

– Je suis fatigué, Anna. Fatigué de voir que tu ne comprends rien à rien, que tu ne vois rien. Tu m'emmerdes avec tes alarmes et tes univers *à haut potentiel*. Je ne comprends plus rien à ce que tu dis ni à ce que tu vis. La seule chose qui me paraisse encore vivante dans cette maison, ce sont les cendres de ma fille. La nuit, je lis des livres sur les ascenseurs, j'essaye de comprendre, je ne sais même pas quoi. Je cherche quelque chose dont je n'ai pas la moindre idée.

— Tu as surtout besoin de voir quelqu'un, je t'assure, et vite ! Et si tu n'appelles pas, c'est moi qui le ferai !

— Tu ne feras rien du tout. Et lundi matin je me rendrai à mon travail normalement. Toi, tu iras sur l'île avec ta voiture et moi, je prendrai le bus. Direction « Cité du Havre ». Et nous serons sur l'île, chacun de notre côté. Tu feras tes calculs savants et moi, je promènerai des chiens qui ne le sont pas. Il en sera ainsi. Parce que je l'ai décidé et qu'il s'agit de ma vie. Maintenant tu peux penser ce que tu veux.

— Mon pauvre ami, tu es en chute libre, tu entends, en chute libre ! Regarde-toi, bon sang ! Tu me fais pitié ! Je te trouve pathétique !

Anna se leva d'un bond et se dirigea vers la porte d'entrée. Elle saisit son manteau et sortit de la maison, comme un vicaire poursuivi par le diable. La sanction des capteurs fut immédiate. Ma femme fut scannée et détectée. Comme je n'avais pas encore débranché les circuits, ce fut un jeu d'enfant pour la fantasque machine de lancer ses sirènes retentissantes et de la dénoncer dans la nuit, comme une intruse.

Pour une fois la machine avait vu juste. Quand elle se tut, j'eus un instant la tentation de réenclencher le mécanisme pour qu'il foudroie Anna à son retour, dès qu'elle poserait un pied sur le perron. Mais mon flux acrimonieux se tarit rapidement et je coupai l'alarme pour qu'elle puisse se glisser chez nous en toute discrétion.

Lorsque je me levai le lendemain, Anna était depuis longtemps sur le pied de guerre. Elle m'attendait dans une tenue que je ne lui connaissais pas – veste de tweed et pantalon droit –, piaffant comme un pur-sang autour des chaises de la cuisine. Elle ne me laissa pas le temps de me servir un café, s'avança vers moi et me saisit les poignets ainsi que l'on s'y prend pour morigéner un enfant.

– Paul, je te demande de faire une chose pour moi. Je viens d'appeler ton neurologue à l'hôpital et il est d'accord pour te recevoir à midi.

– Tu as appelé ce type ?

– Oui. Je trouve que tu ne vas pas bien. Je me fais du souci. Va le voir, promets-le-moi. Après, tu décideras, tu feras ce que tu voudras.

– Qu'est-ce que tu lui as dit ?

– Que tu avais besoin d'aide, rien d'autre.

– Tu lui as parlé des chiens ?

– Tu es fou ou quoi ?

– Tu penses que je ne vais pas bien parce que je vais gagner ma vie en promenant des chiens. Et tu m'envoies chez un neurologue pour ça.

– Fais-le pour moi.

Le visage d'Anna reflétait davantage un sentiment de panique qu'il n'exprimait de compassion. Ce matin-là je mesurai à quel point j'avais bouleversé chez elle un ordre établi, bousculé un tabou, violé les frontières d'un monde interdit. J'avais transgressé les codes de la bienséance sociale. Cela me désignait d'office comme sociétaire de l'asile. Le père de deux avocats fiscalistes, le mari d'une spécialiste de l'*automatic speech recognition*, qui, du jour au lendemain, se destinait au handling et au dogwalking, relevait, sans discussion aucune, de la neurologie, voire de la psychiatrie. Je me demandais ce qu'Anna avait bien pu raconter à ce type pour qu'il m'accueille ainsi en urgence au sein de sa consultation. Il faut dire aussi que l'accident, à défaut de me propulser, à l'instar de White, sur tous les plateaux de télévision, avait quand même fait de moi, au Royal Victoria Hospital, une petite célébrité locale. J'étais le type qui était tombé du ciel et qui, à la différence des carouges à épaulettes, avait survécu.

L'as de la chute libre.

Le docteur Walcott avait une manie extrêmement déplaisante. Pendant qu'il s'entretenait avec un patient, il tripotait sans cesse l'écran de son iPhone. À la manière d'un infatigable patineur grassouillet, son pouce glissait sur la surface tactile de l'appareil, allait et revenait, vers la droite comme vers la gauche. On avait l'impression qu'en compagnie des malades son ennui était tel qu'il cherchait en permanence le secours d'une application pour le distraire de son pensum. Il paraît que, durant mon coma, Walcott avait œuvré avec constance et sérieux, avant de se retirer discrètement de la scène dès que j'avais ouvert les yeux. J'avais de lui une opinion assez partagée. Cet habile technicien était un pâle confesseur. Tant que la maladie demeurait à sa place, fichée sur des clichés ou quantifiée dans des bilans, Walcott était à l'aise, distancié, efficient. En revanche, dès que le mal s'incarnait, qu'il fallait écouter ou tâter de l'humain, alors les choses se gâtaient.

– Votre femme m'a dit que vous aviez quelques difficultés, monsieur Sneijder.

– Je crois qu'elle a beaucoup exagéré. Je me sens plutôt bien.

– Elle a évoqué des idées bizarres que vous auriez, des comportements singuliers.

– Non, rien de grave. J'ai eu une crise d'angoisse, il y a quelques jours, et j'ai parfois un peu de mal à rester enfermé dans une pièce s'il y a trop de monde.

– Je vois. Des idées fixes, d'autres phobies ? Des maux de tête ?

– Tout va bien.

– Et cette histoire de chiens…

– Elle vous en a parlé ? J'ai trouvé un petit boulot de promeneur de chiens, quelques heures par jour, voilà tout. J'ai simplement besoin d'être dehors en ce moment, de marcher. Ça me permet de ne pas penser. De passer le temps. Ma femme vous a sans doute dit aussi que je lisais beaucoup de choses sur les ascenseurs.

– Non. Quel genre de lectures ?

– Tout. Reportages, enquêtes sociologiques, histoire, technique et même des catalogues de pièces détachées.

– Cela répond à une curiosité légitime.

Le pouce du praticien glissa sur le miroir de son téléphone. Son doigt parut caresser un rêve à venir puis reprit lentement sa position de repos.

– Ce qui m'importe, voyez-vous, monsieur Sneijder, c'est que vous n'ayez pas de céphalées ni de vertiges. Le reste, ce sont des petites choses plus ou moins normales que l'on peut éprouver à la suite d'un traumatisme comme celui que vous avez connu. Si vous avez d'autres crises d'angoisse, dites-le-moi, je vous prescrirai quelque chose. En attendant, faites de l'exercice et de belles balades avec vos chiens.

Ce médecin m'apparut alors comme l'image même de la grâce. Je vénérai son pouce. Je retirai toutes mes critiques, je rendis justice à sa discrétion et à sa façon d'expédier une consultation en quelques minutes. Ignorant les anathèmes et la réprobation de ma femme, il nous avait bénis, moi et mes chiens.

En début d'après-midi, j'allai faire, à l'improviste, une visite de courtoisie à Charles Wagner-Leblond. À ma grande surprise il se montra disponible et m'invita même à partager un café dans un confortable salon qu'il avait aménagé au cœur de son cabinet. Les allées et venues affairées de ses associés et stagiaires qui sillonnaient le couloir contrastaient avec le détachement de cet homme qui semblait, ici comme ailleurs, vivre et avancer à son rythme nonchalant. À l'image d'ailleurs de son phrasé, ciselé en bouche et toujours délivré avec le plus grand soin, sans la moindre facilité ou la plus petite concession à l'urgence. Il referma la porte derrière nous et, soudain, comme par magie, le maelström du bruit des affaires cessa net. Filtrée par des rideaux de coton écru, la lumière extérieure poudrait délicatement chaque bibelot et caressait la surface patinée des canapés en cuir naturel. Dans cette pièce, une tasse de thé à la main, Wagner-Leblond donnait le sentiment d'être enfin en paix, débarrassé de tout ce charivari juridique, de ces plaintes qui n'étaient souvent pour lui que des jérémiades, de ces contentieux qui l'obligeaient à descendre dans des caves d'immeuble pour vérifier des contrepoids, tâter des ressorts, fourrer ses doigts dans des rognures de métal, examiner à la loupe le travail de la tréfilerie.

Wagner-Lebond se dirigea vers la bibliothèque et revint avec un livre de photos intitulé *Saisons*. On y voyait un jardin de Kyoto photographié dans la luxuriance de l'été, les promesses du printemps, les neiges de l'hiver et les rougeoiements de l'automne. Toujours le même point de vue. Des cadrages tirés au cordeau. Rien d'ostentatoire, juste l'essentiel, des arbres, des pierres, de l'eau. Charge à chaque saison de colorier ce monde, de le faire fructifier ou de le figer dans la glace. Wagner-Leblond tournait les pages comme passent les mois, le nouveau recouvrant le précédent. Entre deux images il me livrait quelques anecdotes sur le secteur chinois du jardin botanique aménagé avec le concours du service des parcs et jardins de la ville de Shanghai. Les éléments majeurs des nombreux kiosques et pavillons avaient été assemblés en Chine par cinquante artisans spécialisés, et il avait fallu pas moins de cent vingt conteneurs pour transporter ce lointain monde en gésine jusqu'au cœur du Québec. L'homme que j'avais à côté de moi avait visiblement tout oublié des bonnes règles de la procédure, des arcanes des codes ou des agréments de la jurisprudence. Il n'avait en tête que les entrées de ces cours asiatiques sur lesquelles scintillaient en permanence les étoiles de la prospérité, du bonheur et de la longévité. En ces instants, Charles Wagner-Leblond n'était qu'un promeneur attentif parcourant de livre en livre l'arborescente mémoire du monde. Il connaissait par cœur la plupart de ces jardins japonais et chinois où il n'était jamais allé. Il les connaissait si bien qu'il pouvait en parcourir, les yeux fermés, tous les sentiers. Il savait qu'il n'aurait jamais assez de temps, qu'il lui faudrait plusieurs vies s'il voulait tous les visiter. Alors il se contentait de ses livres d'images. Rangés près de lui, à portée de main. Ils étaient là, qui attendaient. Pour les rejoindre, il lui suffisait de pousser la porte et de s'enfermer avec eux dans cette pièce blanche, étanche au tumulte des prétoires.

Wagner-Leblond lissa la couverture de sa main et replaça le livre dans le rayonnage. Il souriait à la façon d'un instituteur bienveillant qui aurait aimé les récréations.

– Si seulement le monde pouvait ressembler à ça. Savez-vous sur quoi je travaille en ce moment ? C'est à peine si j'ose vous le dire. Sur des dossiers saisonniers que j'appelle « les ascenseurs de Noël ».

– Qu'est-ce que c'est ?

– C'est un jeu que les enfants des cités adorent, surtout à New York. Après les fêtes, ils récupèrent deux ou trois sapins de Noël de belle taille, ils les entassent dans un ascenseur, appuient sur le bouton de l'étage le plus élevé de la tour, et avant que le chargement ne décolle, ils l'enflamment. Durant la montée, les branches se transforment en torchères et l'incendie est si puissant qu'en général il fait fondre le cadre d'aluminium sur lequel sont fixés les câbles. Toute la structure cède, et c'est une véritable bombe de feu qui dévale dans la cage et vient s'écraser en bas. Je suis à peu près certain que lorsque Elisha Grave Otis a mis la dernière main à ses ascenseurs en 1853, il n'avait pas imaginé qu'un jour on en ferait pareil usage.

– Et vous représentez qui dans ce dossier ?

– Dans ce dossier, mon cher, figurez-vous que je représente les arbres de Noël. Parfaitement, les sapins de Noël.

Savourant son trait d'humour, Wagner-Leblond rouvrit la porte du salon et, soudain, le monde du dehors, du fracas, des recours et des requêtes, entra sauvagement dans la pièce. L'avocat me remercia de ma visite, m'avoua qu'elle l'avait touché et ajouta qu'il espérait qu'une aussi agréable surprise se reproduirait. À aucun moment il ne fit allusion à l'accident ni au dossier qui en découlait et dont il assumait la charge. Dehors, le ciel était gris et de petits flocons épars rappelaient, s'il en était besoin, qu'ici l'hiver rôdait encore.

Depuis ma sortie de l'hôpital j'éprouvais l'étrange sentiment de flotter sur un emploi du temps porté par des courants aléatoires et inconstants. Comme le disent les chefs du personnel, je *manquais d'objectifs*. C'était très reposant. La maison, le jardin, l'hôpital, une visite impromptue, quelques provisions, le bus, la maison. Et de temps en temps des poseurs d'alarmes qui venaient me rappeler

De tout ce que l'on pouvait comprendre si on le décortiquait. Il éclairait bien des choses. Il confirmait ce que j'avais déjà lu par ailleurs. Si l'on voulait considérer la vérité du monde moderne, monter dans cette époque verticale, il fallait bien admettre que l'ascenseur était là, au cœur de tout, au centre de chaque chose.

Je fus réveillé par une vague odeur d'acétone. Avant même d'avoir ouvert un œil, je sus qu'elle provenait de la salle de bains où Anna était en train d'appliquer du vernis incolore sur ses ongles. Dentyne Splash au coucher, Gemey Maybelline Express Finish au lever. J'étais assurément le premier de la longue lignée des Sneijder à se voir infligé un traitement aussi singulier. Mes ancêtres martelaient le fer dans l'odeur des brasures, et moi, j'étais poursuivi jusque dans mon lit par la fragrance pourrie des cosmétiques et les arômes chafouins de la dentisterie. Je me demandai comment je pouvais supporter cela, et tant d'autres choses, depuis si longtemps, au prétexte qu'Anna avait un jour donné la vie à d'imbuvables jumeaux, dont seuls un caryotype contrefait et un généticien opiomane pourraient m'attribuer un fragment de paternité.

Les week-ends commençaient toujours dans cette odeur douceâtre de vernis à ongles. Je le savais. Et pourtant, à chaque fois, je ne pouvais m'empêcher d'éprouver un vague ressentiment contre ce produit, ce qui, j'en conviens, n'avait aucun fondement raisonnable.

D'ici une heure, Anna irait faire des courses au marché Atwater. Puis elle passerait des coups de

que, partout, le monde industrieux et dépensier était aux aguets. Lorsque ma femme rentra, j'étais à l'étage, à côté de ma fille, en train de regarder des photos d'elle à tous les âges de sa vie. Anna vint me rejoindre et, pour se donner une contenance, feuilleta un numéro d'*Elevator World*.

– Ça va ? Tu es allé voir Walcott ?

– J'y suis allé. Tout va bien. Je n'ai pas de problème particulier.

– Tu lui as parlé de tes crises d'angoisse ?

– Il m'a dit que ça n'avait rien d'inquiétant après un pareil accident. Que ça devrait s'estomper avec le temps.

– Et le fait de ne pas pouvoir supporter la proximité des autres, il trouve ça normal, aussi ?

– Oui, ça peut arriver après un choc.

– Il t'a dit ça, c'est tout. Et vous avez discuté de tes lectures, de cette obsession pour les ascenseurs ?

– Oui, on a évoqué le sujet. En revanche, il m'a dit que tu lui avais parlé des chiens.

– Et alors qu'est-ce qu'il en pense ?

– Il pense que c'est une bonne idée. Que ça va me permettre de faire de l'exercice, de ne pas trop penser, de m'aérer l'esprit.

– T'aérer l'esprit ! Avec des chiens ! Décidément j'aurais tout entendu.

Et elle dévala l'escalier comme une boule de feu, habitée par la colère incendiaire qui brûlait en elle.

Lorsque je descendis pour dîner, je remarquai quelque chose de tout à fait inhabituel. Nous étions vendredi et, dans la cuisine, pas de poulet rôti, pas la moindre molécule de ce fumet si particulier de volaille tiédie. Anna regardait la télévision, les bras croisés. Je demandai : « Il n'y a pas de poulet ? », elle dit juste : « Va te faire foutre. »

Depuis quelque temps, avant de s'endormir, Anna s'était mise à mastiquer du chewing-gum au lit. Du Dentyne Splash. Une pâte verdâtre qui exhalait un parfum de bain de bouche. Et chaque soir, pendant une dizaine de minutes, j'entendais le bruit de ses maxillaires et de ses dents s'acharner sur la gomme, la broyer, j'imaginais sa langue tournant et retournant cette masse humide et malléable, cet agrégat d'aspartame. Parfois, de microbulles d'air prisonnières de la pâte éclataient faiblement sous l'effet des compressions, tandis que le va-et-vient d'un surcroît de salive produisait un léger bruit de succion. J'écoutais cela en silence et avec une attention soutenue pour ne rien perdre des subtilités d'un pareil concerto. Et je pensai : « Pourquoi mâche-t-elle ainsi, qui veut-elle mordre à ce point ? »

Je dormais toujours aussi mal, mais il me semblait que j'allais mieux, que des points d'ancrage, susceptibles de freiner ce qu'Anna appelait ma chute libre, étaient en train de se mettre en place : le jardin botanique, le plaisir de remarcher librement, la perspective des chiens et la compagnie épisodique de Wagner-Leblond. Paradoxalement, c'était avec lui, mon adversaire putatif, que je me sentais le mieux, le plus en confiance. Son calme et ses manières respectueuses m'apaisaient. Quelque chose me disait qu'il n'était pas loin de partager ma vision du monde et que, tout avocat qu'il était, il ne rechignerait pas à promener une meute canine

s'il devait tout reprendre à zéro après que le ciel lui fut tombé sur la tête ou qu'il fut tombé du ciel, ce qui revenait à peu près au même.

Ce ciel – je l'ai découvert hier soir – l'architecte Frank Lloyd Wright a bien essayé en 1956 de l'accrocher au bout de la fameuse tour Mile High Illinois dont il avait dressé les plans et dessiné toute l'armature en poutres d'acier. Comme son nom l'indiquait, cet immeuble devait mesurer mille six cent neuf mètres et, comme si cela ne suffisait pas, être surmonté d'une antenne de cent vingt-deux mètres. Cinq cent vingt-huit étages dont les dernières dizaines seraient destinées à accueillir exclusivement la machinerie des ascenseurs. Il y en aurait soixante-seize. Des monstres coulissant à l'extérieur, sur la façade, grâce à un dispositif de roues crantées. Des nacelles express à cinq plates-formes grimpant jusqu'au ciel à quatre-vingt-seize kilomètres à l'heure. La gestion de ce système avait glacé le sang des experts et des argentiers. Et la tour était restée au ciel. Elle n'avait jamais atterri. Mais elle était toujours là, à rôder dans les cartons, tapie dans les esprits aventureux, comme une baleine blanche, une tentation de démiurge. De temps à autre, on l'exhumait et on refaisait les calculs. Des calculs effarants aux résultats terribles. Car selon les normes modernes, ce ne sont pas soixante-seize mégacabines, mais deux cent vingt-cinq immenses nacelles qu'il faudrait pour irriguer un mastodonte d'une telle taille.

C'est pour cela que j'avais eu tant de mal à m'endormir, la veille. À cause de ce projet Wright.

fil, lirait les journaux, mettrait de l'ordre dans sa messagerie électronique et, le soir venu, elle appellerait ses fils indispensables, ses véritables soutiens, pour leur dire combien elle était essentielle à l'avenir de Bell et quel fardeau j'étais devenu. Si ce n'était déjà fait, et pour bien illustrer ma déconfiture, sans doute leur révélerait-elle en détail la pitoyable nature de mon prochain emploi. « Promeneur de chiens, tu te rends compte ? » Je l'entendais d'ici. « Voilà ce qu'est devenu votre père. » Ensuite, elle sortirait de son bureau et regarderait la télévision en picorant, à coups de petites et agaçantes bouchées, une grande variété de préparations industrielles agrémentées de quelques légumes crus. Je n'avais pas ma place dans ce menu égoïste. De son contenu et sa présentation, un sémiologue aurait tiré une kyrielle de conclusions qui lui auraient permis de me traduire les messages subliminaux que m'envoyait ma femme : si tu as faim, fais-toi des pâtes, je n'ai pas envie de parler, je suis tranquille toute seule, tu seras très bien à ton bureau, je pense que ma vie serait plus agréable sans toi, il aurait été préférable que tu ne te réveilles pas, je m'amuse bien avec l'Ontarien, tu ne me toucheras jamais plus, j'ai honte de toi.

Ce samedi, la journée se déroula exactement comme je l'avais prévu. Et seule une brève averse de neige apporta une touche d'imprévu à ce protocole. Sans oublier l'exceptionnelle audience téléphonique que m'accorda Hugo après s'être longtemps entretenu avec sa génitrice.

– Ton fils, me dit celle-ci.

– Lequel ?

Le combiné claqua sur la table comme une gifle. Ma question n'avait pourtant rien d'extravagant. D'autant qu'à l'image de leur physique, les jumeaux avaient des voix en tout point superposables.

– Papa ? Ça va comment ? Maman m'a dit que tu avais des petits problèmes.

– C'est Nicolas ?

– Non, c'est Hugo.

– Tout va bien. Ta mère s'inquiète pour rien.

– Mais, je veux dire, au sujet des choses que tu ressens…

– De quoi parles-tu ?

– De tes problèmes d'angoisse, tout ça, et puis tes idées…

– Je ne comprends rien à ce que tu me racontes, je vais bien. Il n'y a rien d'autre à dire. Et toi ?

– Non, mais ce que… enfin, tu vois… le fait de ne pas pouvoir supporter des gens dans une pièce… les ascenseurs… et puis tes idées bizarres…

– Mais c'est quoi, cette histoire ? De quelles idées parles-tu…

– De ton… enfin… des chiens, tout ça, tous ces trucs-là.

– Ah, d'accord. Les chiens. Quelles conneries tu vas trouver à me dire toi aussi, là-dessus ?

– Excuse-moi, mais je pense que tu es en train de faire une bêtise. Tu n'es pas dans ton état normal en ce moment. Et c'est tout à fait compréhensible après ce qui t'est arrivé.

– Tu as terminé ?

– Laisse-moi te demander une chose : oublie

ce travail. Repose-toi encore un peu. Soigne-toi, parce que ce n'est quand même pas très normal d'avoir des phobies pareilles. Occupe-toi aussi de ton dossier auprès de l'assureur, vois un avocat, ça oui, c'est important.

– Bon, tu as fini ?

– Non. Pas encore. Je voudrais aussi que tu penses un peu à maman, à ce que tu lui fais endurer. Pense à elle, bon sang ! Comment veux-tu qu'elle arrive à se concentrer sur son travail hyperpointu en se disant à chaque instant qu'elle vit avec un type à moitié cinglé qui déteste les gens et promène des chiens ? Et puis si tout ça n'est qu'une question d'argent, tu sais que je peux t'aider. Il n'y a pas de problème. Nicolas, qui est à côté de moi, me fait oui de la tête, lui aussi est d'accord.

J'eus alors l'impression que quelque chose d'humide et froid recouvrait lentement mes épaules, comme une nappe de brume dont chaque gouttelette eût été une particule de honte. J'imaginai les jumeaux, que dis-je, les siamois unis jusqu'à la moelle des os, signant ensemble, d'une main identique, un chèque similaire censé me rendre un peu de dignité humaine. Un chèque qui me rachèterait une conduite en m'empêchant, pour un temps au moins, de me livrer à des activités que les bessons réprouvaient. Avec cette bourse ils espéraient offrir à leur mère un vieux mâle castré, placide et complaisant, s'adonnant à des occupations de son âge, et qui, surtout, oublierait ses carouges à épaulettes, ses tambours ocellés, la course folle des ascenseurs, le dard des immeubles de mille six cent neuf mètres, et les chiens, bien sûr, les chiens qui, pourtant, eux aussi, avaient appris à vivre au pied et en laisse.

– Allô, papa ?… Qu'est-ce que tu en dis ?… Tu m'entends ?

Je ne répondis rien et les laissai là, suspendus dans le vide, quelque part au-dessus de l'Atlantique, accrochés à leur combiné, répétant inlassablement les mêmes mots, croyant en leur pouvoir de conviction, peut-être aussi à la magie des chèques, et désirant jusqu'au bout quelque chose de moi que je ne pourrais jamais leur donner.

Le dimanche qui précéda mon premier jour de travail à DogDogWalk ressembla en tout point à ce qu'avait été le samedi. La mère éplorée rappela sa couvée, et tout l'élevage, jabotant indéfiniment, se lamenta et se réconforta mutuellement. Je crus même deviner que les belles-filles s'étaient jointes au chœur. Pour ma part, je restai à l'étage, avec ma fille, à lire l'épopée de la compagnie Otis, ainsi que des notes techniques sur le fonctionnement de l'ascenseur hydraulique et de son homologue à câble. Et puis je tombai sur une histoire singulière : le récit de l'accident survenu le 6 mars 2010, à sir Stirling Moss, quatre-vingts ans, sans doute l'un des plus fameux pilotes automobiles anglais de tous les temps. Cet homme avait tout gagné sur Jaguar, BRM et Lotus Climax. Archétype du gentleman driver britannique, à l'image du mythique Graham Hill, son contemporain, il avait survécu à de violentes sorties de route, à de terrifiants tonneaux et à une série d'accidents tout aussi spectaculaires, notamment celui de Goodwood. Durant une grande partie de sa vie, son activité principale avait été de ruser avec la mort. Et, comme toujours, c'est au moment où il ne se méfiait plus d'elle qu'elle avait failli le surprendre.

Ce samedi de mars, à la nuit tombée, Moss s'apprêtait à sortir de sa résidence londonienne. Il quitta son appartement et, au bout du couloir, appela l'ascenseur. Quand les portes palières s'ouvrirent, il s'avança. Mais la cabine était restée coincée quatre étages plus bas. Son pied ne rencontra que le vide et il chuta de dix mètres comme une pierre. On le retrouva inconscient sur le toit de l'engin avec deux chevilles cassées, quatre vertèbres fracturées et quelques autres os en morceaux. Comment expliquer une telle défaillance de la machine et cette ouverture intempestive sur un abîme ? Le compte rendu ne le disait pas. Il précisait en revanche que Stirling Moss avait survécu à son écrasement. Je décidai que cet accident nous rapprochait, tissant un invisible lien entre nous.

Cette aventure aiguisa ma curiosité et je cherchai aussitôt ce qu'il était advenu de son alter ego, Graham Hill. Je découvris qu'il n'avait pas eu la même chance. Lui qui, en course, oubliait parfois de boucler sa ceinture de sécurité et avait eu les jambes brisées après avoir été éjecté plusieurs fois de sa monoplace, était mort, après sa retraite sportive, dans son petit avion de tourisme, le 29 novembre 1975, en Angleterre, à Arkley. Une panne mécanique. Il s'était écrasé au sol. Lui aussi était tombé du ciel.

CINQ

Le lundi matin Anna quitta la maison sans m'adresser la parole. Je l'entendis monter dans sa voiture, claquer la portière, et distinguai même pendant quelques instants le bruit de son moteur, jusqu'à ce qu'elle s'éloigne et se fonde dans le flot commun de la circulation du matin.

Durant tout le trajet en autobus, je pensai à Graham Hill et Stirling Moss, à ce qu'ils avaient tenté et risqué pour construire, eux aussi, leur petite tour Mile High Illinois. Je songeai que je n'avais jamais éprouvé le besoin de bâtir un projet qui me dépasserait au moins un peu.

Charistéas m'attendait avec une certaine impatience, et son bracelet-montre voltigeait comme jamais. Il brûlait de m'initier aux rudiments du métier. Son précieux carnet noir, nourri de ses nombres premiers, était posé discrètement sur son bureau. 2 216 122 et 2 347 432 étaient en revanche inscrits au feutre, de façon très visible, sur le tableau de service, affichant leur ostensible réversibilité. Charistéas pensait être leur inventeur, les avoir créés et sortis de l'insondable anonymat des chiffres processionnaires. Comme tous les artistes, il exposait ses œuvres et vantait leur forme palindromique à quiconque avait la patience de l'écouter.

Il expédia en promenade deux équipages – c'est ainsi qu'il appelait l'attelage d'un homme avec ses chiens – qui semblaient avoir déjà leurs repères, puis revint vers moi pour commencer mon éducation. Avant même qu'il ait prononcé une parole, je me plaçai devant le tableau de service, fixai les deux nombres magiques et, avec une rouerie dont je ne suis pourtant pas coutumier, dis simplement : « C'est magnifique », sans quitter le grand œuvre des yeux comme s'il s'était agi d'un Otto Dix ou d'un Frank Auerbach. Charistéas se rapprocha, contempla cette combinatoire qui pouvait, au mieux, espérer un jour devenir un numéro de téléphone, puis murmura : « Je crois qu'on va faire une bonne équipe. » Nous demeurâmes un instant dans cette ridicule posture de recueillement, avant de prendre place sur un canapé et d'entamer, tasse de café en main, ce qui ressemblait davantage à une conversation détendue qu'à un stage de formation accélérée.

– Ce qu'il ne faut jamais oublier, monsieur Sadler – cette fois je l'ai bien dit, non ?

– Presque. Sneijder.

– Ça vous ennuie si je vous appelle Paul ?

– Je crois que ça facilitera les choses.

– Donc, un point à ne jamais oublier, Paul, c'est que vous vous baladez avec une petite fortune. Certains jours, vous pouvez avoir plus de dix mille dollars au bout des laisses. Donc ne jamais lâcher un chien, même s'il vous paraît placide et calme. Je connais ces fils de pute. Ils sont tous pareils, prêts à cavaler dès que vous leur lâchez la bride. Donc vous les tenez bien en toutes circonstances. Pour les parcours, je vous montrerai tout à l'heure, il y en a trois et ils ont été balisés par la municipalité. Vous n'en sortez pas. Ensuite, un point important : il ne faut prendre que des chiens compatibles. Pas question de mettre trois mâles dominants dans la même meute, ou de faire une sortie avec des chiens qui ne peuvent pas se souffrir. Ça arrive. Et là, ça devient l'enfer. Sans parler des risques de morsure entre animaux et des procès qui s'ensuivent avec les propriétaires. Donc, apprendre à connaître chaque chien et composer des groupes avec des caractères homogènes. Le tri doit se faire au départ, dans le chenil. S'il n'y a pas de contentieux entre eux, vous pouvez associer toutes les tailles, du plus grand au plus petit, cela n'a pas d'importance. En promenade collective, on ne sort jamais plus de huit bêtes à la fois, et encore, c'est quand on est débordé et qu'on ne peut pas faire autrement. Le bon chiffre, c'est cinq ou six. Autre point capital. Avant de partir en promenade, vous devez toujours emporter ces sacs plastique et ces gants. Je vous le dis brutalement, c'est pour ramasser leurs merdes. Et croyez-moi, ils n'en sont pas avares. C'est une partie capitale du travail. Vous n'imaginez pas la quantité de déjections qu'une meute peut laisser derrière elle. Donc, là-dessus, tolérance zéro. Sinon nous recevons des plaintes des riverains, des amendes et des mises en garde de l'administration. Autre problème : les excréments liquides. Quand ça arrive : sciure, pelle et raclette. Je ne vous fais pas un dessin. Tout ça vous est fourni en même temps que les gants et les sacs. En cas d'anomalies, diarrhées persistantes, présence de sang ou de vers, faire une note de signalement au propriétaire. Chaque fois qu'un chien a un comportement bizarre ou agressif, même chose, une note. Lorsque vous ramenez un animal à son domicile, n'oubliez pas que le propriétaire a payé un supplément pour ça, donc toujours lui faire un petit compliment sur son chien, vanter sa gentillesse, son énergie, enfin, à vous de trouver. Dernier point, ne jamais prendre d'initiative dans quelque domaine que ce soit sans l'accord du maître. Paul, je peux vous poser une question ?

– Allez-y.

– Vous avez déjà ramassé une merde de chien ?

– Jamais.

– J'en étais sûr.

J'avais vécu toute une vie sans jamais mettre mes doigts là-dedans. Et j'avoue n'avoir jamais compris comment des jeunes femmes modernes, urbaines et surdiplômées parvenaient, avec une aisance stupéfiante, un détachement confondant et, parfois, une certaine élégance, à saisir entre leurs doigts les tièdes cigares déposés par leurs animaux, pour les faire glisser subrepticement dans des sacs plastique noirs noués en prévention autour de la laisse. L'idée même de cette récolte me retournait l'estomac, tout autant que me terrifiait la rédaction des rapports excrémentiels relatant la fluidité des matières. L'espace d'un instant, la perspective de faire machine arrière et d'encaisser le chèque des siamois me parut même moins humiliante.

– Pour commencer, je vais vous confier deux bêtes tranquilles pour une promenade d'un quart d'heure. Ensuite, deux autres, pour une sortie d'une durée identique, et, au retour, nous composerons ensemble un attelage de cinq chiens avec lesquels vous partirez pour trois quarts d'heure.

Ainsi fut fait. Et je m'en allai en terre inconnue avec deux premiers compères, qui eurent le bon goût de réserver à d'autres walkers le fruit de leurs entrailles. Le ciel était bas, cotonneux, et un vent glacial emportait des flocons de neige larges comme des pièces de deux dollars. Mes autres pensionnaires, tout aussi sages et débonnaires que les précédents, se montrèrent également très discrets sur le sujet qui m'obnubilait. La neige, elle, s'abattit avec la même constance, finissant de blanchir ce qui ne l'était pas encore.

– Paul, je vais vous donner un manteau imperméable, sinon vous allez finir trempé..

Charistéas passa dans une pièce voisine et revint avec une immense cape noire au dos de laquelle était frappé, en lettres anglaises jaunes, le sigle de « DogDogWalk », suivi du numéro de téléphone de la compagnie. Ensuite, dans cet accoutrement ridicule, nous allâmes au chenil composer mon attelage.

– On va prendre trois femelles et deux petits mâles castrés. Ils sont tous très calmes. Méfiez-vous, les chiennes sont quand même costaudes et ont tendance à tirer.

Dans un désordre tranquille, j'attachai les cinq longues laisses à leurs colliers et, vêtu comme une sorcière de Salem, la tête couverte d'une large capuche, je m'enfonçai dans le froid et la neige. Indifférents au climat et aux flocons qui recouvraient leurs traces, les chiens suivaient une piste qu'ils connaissaient par cœur. D'une certaine façon c'étaient eux qui me promenaient. Ma petite troupe se composait, me semblait-il, d'un labrador noir, d'un golden retriever, d'un setter irlandais, d'un cocker spaniel et d'un tout jeune chien de petite taille, tacheté de noir et de blanc et impossible à identifier, comme s'il avait été fabriqué avec les restes de toutes les autres races. Ce fut lui qui, au bout d'un quart d'heure de marche, m'intronisa membre de cette confrérie dans laquelle je redoutais tant d'entrer. La cérémonie se déroula très simplement. Je posai un genou à terre, enfilai un gant, dépliai le sac et fis ce qu'un être humain ne devrait jamais avoir à faire. La tempête de neige déposa un voile pudique sur la célébration. Peu après, le labrador imita son jeune ami et je me soumis une nouvelle fois à cette tâche, que je m'efforcerai de ne plus évoquer, mais dont on ne m'enlèvera jamais de l'esprit qu'elle est totalement insensée.

En dépit de tout cela, et malgré la neige et le froid, lorsque je revins au bureau, quarante-cinq minutes plus tard, je savais que je pouvais faire ce travail sans trop de difficultés, que je tenais le coup et que mes jambes me portaient, même si elles me faisaient encore souffrir. Charistéas me reçut comme on accueille un ami qui revient des grandes plaines du Nord, tandis que les chiens nappés de neige fraîche s'ébrouaient en propulsant dans l'air des gerbes de flocons. Pour la première fois depuis bien longtemps, je me sentis vivant, comme autrefois, avant l'accident et le coma, simplement vivant au milieu des autres.

Avec la même fierté que l'on brandit une prise de guerre, je montrai le sac plastique noir à Charistéas.

– Vous l'avez fait, Paul ? C'est formidable. Je savais que vous en étiez capable. Je le savais.

Et il me désigna le petit conteneur dans lequel on entassait ce type de production.

– Vous pouvez ramener Watson à son propriétaire ? C'est le petit bâtard noir et blanc. Je vous donne l'adresse, c'est à une dizaine de minutes d'ici. Vous prenez la fourgonnette ?

– Non, j'y vais à pied.

– N'oubliez pas le petit mot gentil.

Je lui devais bien ça. Quand je sortis Watson de sa cage et qu'il comprit que nous repartions ensemble braver les éléments, il se mit à trépigner de joie comme le font les enfants. Alors que nous avancions sous une neige de plus en plus dense, je me demandais ce que j'allais bien pouvoir dire à son maître et quel était le genre de compliment qu'il convenait de tourner en pareille circonstance. Tout cela était à la fois ridicule et charmant, aussi désuet que peuvent parfois l'être certains tableaux de bord de voitures anciennes. Le ciel était de plus en plus sombre et seule la blancheur de la neige arrivait à retarder la tombée de la nuit.

Je sonnai à l'adresse indiquée, celle d'une belle maison que la neige s'était amusée à surligner. Le propriétaire de Watson s'appelait Jim Cudmore. Avec ma capuche et mon immense cape noire de service, cheminant dans ce brouillard blanc, je devais offrir une image étrange et inquiétante pour les gens de ce quartier. La lumière s'alluma sous le vaste porche et un homme parut.

— Bonsoir, je vous ramène Watson.

— Je vous remercie. Il est plein de neige. Je vais attendre qu'il s'ébroue pour le rentrer.

— En tout cas je voulais vous dire qu'il a été adorable. Il a été très sage et très obéissant.

Cudmore leva son regard sur moi et me considéra avec un certain mépris.

— Vous êtes nouveau ?

— Oui.

— Alors arrêtez une bonne fois pour toutes ces flatteries ridicules. Tout le monde sait que ce chien est insupportable et n'écoute jamais rien.

Je retournai à ce que j'appelais déjà « le bureau » en empruntant des sentiers aménagés à travers un petit bois. La lumière du jour qui mourait était saisissante et donnait à la neige une nuance violacée. Fraîche, encore aérée, elle craquait à chaque pas. Je pensai à tous les chiens qui vivaient sur cette île. Que pouvait-il bien leur rester de leurs instincts originels ? Ils ne couraient jamais librement. Ils sautaient d'une Lexus à une Audi Quattro. À force d'être toilettés, ils n'avaient plus d'odeur. Ils étaient presque devenus des chats. Il devait bien y avoir encore quelques délinquants comme Watson qui, lui, n'avait vraiment pas le profil local, et dont on se demandait par quel miracle il avait bien pu échouer dans pareille demeure.

À mon retour Charistéas me conduisit de nouveau au chenil pour que j'apprenne à reconnaître les chiens qui attendaient que leurs propriétaires viennent les chercher. Il me montra une quinzaine de bêtes. Bientôt, affirmait-il, je les reconnaîtrais au premier regard et eux, pour leur part, ne tarderaient pas à m'adopter comme leur promeneur attitré.

Je repris l'autobus pour rentrer à la maison. En raison de la neige la circulation était d'une extrême lenteur. Mes jambes recommençaient à me faire souffrir. Il n'y avait pas de places assises. Tout le monde avait l'air fatigué et comme occupé à lutter intérieurement contre le froid. Les arrêts se succédaient, et les descentes, et les montées. Et il en était ainsi tous les jours de l'année. Été comme hiver. Sur cette ligne comme sur toutes les autres. Comment en étions-nous arrivés à vivre ainsi, à accepter tout cela ? Pourquoi nos dents ne nous servaient-elles plus qu'à porter des appareils d'orthodontie ? Depuis quand n'avions-nous plus mordu ? Les ascenseurs n'étaient pas étrangers à l'accélération de ce servage, pensais-je. Je le démontrerais l'heure venue.

La journée s'était écoulée sans que je pense une seule fois à ma femme et à sa société dont le campus se trouvait à peine à dix minutes de Dog-DogWalk.

Il faisait chaud dans la maison, il y avait de la lumière dans chaque pièce et une odeur de pain grillé. De la musique provenait de la radio de la salle de bains et j'entendais le bruit de l'eau qui coulait en pétillant dans le bac de douche. Autrefois Anna et moi partagions parfois ce moment d'intimité. Ce soir, la simple évocation de cette scène me mettait mal à l'aise, même si, au fond de lui, mon corps célibataire et fatigué regrettait l'innocence et le confort de cette époque.

Anna me demanda comment s'était passée la journée et je lui répondis qu'elle m'avait paru longue.

– Trop de travail ?

– Non, les transports en commun.

Elle hocha la tête comme quelqu'un qui compatit. Je savais parfaitement ce qu'elle pensait à cet instant. Je refermai derrière moi la porte de la cabine de douche encore chaude et tout imprégnée d'une moiteur parfumée.

Cela devait se produire. Depuis le temps que je lisais ces histoires d'ascenseurs, il fallait bien qu'un jour je découvre une clé, que je prenne conscience de certaines évidences qu'à force d'usage et d'habitude nous avions fini par ne plus voir. Ce déblocage mental, c'est à l'article du *New Yorker* intitulé « Up and Then Down » que je le dois : « L'ascenseur est dans une grande mesure un objet sous-évalué et sous-estimé. Il représente pourtant pour une ville ce que le papier est à la lecture ou la poudre à canon à la guerre. Sans ascenseur, il n'y a plus de verticalité, donc plus de densité. Il faudrait alors transporter l'énergie sur des distances de plus en grandes et tous les ferments culturels liés à l'urbain se dilueraient. La population se répandrait et s'étalerait sur la planète comme une flaque d'huile, et les gens passeraient leur vie dans les transports en commun. »

Je relus ce texte. M'apparut alors un autre monde, rebâti selon les codes de cet urbanisme aplati qu'évoquait l'auteur, sans doute radicalement différent du nôtre, sans être pire pour autant, un univers raboté, modéré, ramené à l'échelle du pas. Dans sa simplicité, c'était le paysage de science-fiction le plus singulier mais également le plus radical qui se fût jamais offert à mon imagination. Peut-être cette organisation architecturale aurait-elle été le modèle dominant si l'ascenseur, puissant et discret géniteur, n'avait redessiné et façonné notre vie selon ses propres règles et exigences.

La réalité n'était plus la même pour peu qu'on l'examinât depuis la cage d'un ascenseur.

La verticalité était devenue toute-puissante.

Elle incarnait la norme urbaine exclusive.

L'ascenseur, instigateur de cet ordre, tenait lieu de pensée unique, de colonne vertébrale, de cœur battant, de poumon d'acier. Aucun objet n'avait changé l'organisation du monde comme il l'avait fait. Plus que tout autre, il se trouvait au centre du système, l'animait, lui donnait vie. Wagner-Leblond avait raison. On construit d'abord l'ascenseur, ensuite on l'habille avec un immeuble pour camoufler la tringlerie, la machinerie, et puis on y installe des gens qui, le soir, allument des lumières à l'intérieur, pour rendre tout cela un tant soit peu vivant. Dans cet agrégat urbain, au tréfonds de tout, ce sont les ascenseurs qui habitent nos villes, dirigent la manœuvre, leurs câbles qui tirent les ficelles.

Nous sommes tous, à des degrés divers, leurs obligés. Nous dépendons d'eux chaque jour et pour chaque chose. Nous croyons les commander, alors qu'ils nous ont depuis longtemps asservis.

Je n'ai bien sûr jamais pensé que quelqu'un avait sciemment et méthodiquement organisé la subtile mécanique de ce système. Il s'est mis en place de lui-même, a généré sa propre logique, son développement spécifique. L'ascenseur n'entre pas dans la catégorie des objets de confort. Il est bien plus que cela. Il est le miracle mécanique qui a un jour permis aux villes de se redresser sur leurs pattes arrière et de se tenir debout. Il a inventé la verticalité, les grandes orgues architecturales mais aussi toutes les maladies dégénératives qu'elles ont engendrées.

Otis fit le premier pas. Les architectes bâtirent des basiliques de verre et d'acier, des cathédrales modernes qui, de flèche en flèche, s'élevaient toujours plus haut vers le ciel. Du fait de la cavalcade des fortunes, d'immenses tours de guet se dressèrent ainsi sur toutes les terres du monde, partout où le flot de l'argent était suffisant pour lubrifier les gorges profondes des immenses coulisseaux des ascenseurs.

Ce sont eux, uniquement, qui ont permis l'émergence de ces mégalopoles où des millions et des millions d'habitants se mêlent sans cesse. Cette densité insensée a fabriqué une nouvelle vie qui peu à peu a imposé un temps très différent, des rythmes inédits et des règlements déments. Comme, par exemple, apprendre aux humains à récolter le flux alvin de leurs chiens. Leurs fèces fumantes.

Ce qui était autrefois dispersé est désormais concentré. Nous devons veiller à tout, contrôler nos habitus. Parce que au-delà d'un certain degré de promiscuité et d'entassement, bien peu de chose suffit pour que les animaux deviennent fous. Et que nous ramassions leurs déjections à pleines mains.

Je sais ce que je dis. J'ai vu ces choses toute ma vie. Je pense qu'il n'y a même pas à en discuter.

L'ascenseur a fait les tours et créé l'agrégat. Il a fait vivre et dormir les hommes les uns au-dessus des autres. Il a fait naître des villes malades.

Il a tué ma fille.

On croyait qu'il était là pour économiser les pas, monter et descendre. C'est faux. C'est un leurre. En réalité, à chaque voyage, il nous conduit dans un univers sans issue, comme jadis quand il enfonçait le mineur au fond du puits.

Confinés à l'intérieur de notre zone de confort allouée de 0,90 mètre carré, nous sommes les passagers dociles d'un système verrouillé que nous avons accepté sans l'avoir compris, ni jamais aimé.

Le soir, lorsque l'on descend du bus, l'ascenseur est là, il attend en bas de l'immeuble. Et chaque matin, invariablement, il nous ramène à notre point de départ. Il fait son travail de contention.

Je songeai que la seule véritable façon de dérégler ce monde était de bloquer les ascenseurs, de stopper leurs va-et-vient incessants. Créer une thrombose. Arrêter le flux. Paralyser le transit. Un ascenseur immobile est un neurotransmetteur neutralisé. Un canon privé de poudre. Si l'ascenseur est bien le vecteur de ce monde, alors, pour tenter de le ralentir, pour le ramener à un peu de raison, la seule idée qui vaille est de trancher le nerf, de couper ses câbles porteurs. Là encore, je sais de quoi je parle. J'avais pu mesurer, jusque dans ma chair, la vitesse vertigineuse à laquelle, dans ce cas, on redescendait sur terre.

Après quelques semaines de ce traitement symbolique, privé de sa sève, de ses pistons cruciaux, il ne fait pas de doute que le monde perdrait vite de sa hauteur, de sa superbe et que, pan après pan, il s'écroulerait de lui-même. De la verticalité, il ne resterait ainsi que quelques vestiges vaniteux, cornes évidées, que le temps et les vents se chargeraient de rogner.

Nicholas White a perdu la partie parce que c'est l'ascenseur qui a paralysé sa vie. Qui l'a bloquée. Il faut conserver ce point d'histoire à l'esprit.

Pour Marie, les choses sont bien différentes.

Avant d'aller dormir je descendis à la cuisine manger un morceau. Je fis griller un toast et le recouvris de confiture de cerises noires. Sous la dent, le pain craqua comme de la neige fraîche. Le sucre des bigarreaux se répandit sur ma langue et tout ce à quoi je venais de penser, tout ce que j'avais lu jusque-là et qui m'avait profondément marqué, n'eut soudain plus aucune importance. Parfois, quand je mange, j'oublie tout.

Je peinais à m'endormir. Toutes ces nuits passées à mon bureau. Mais j'avais l'impression d'avancer.

Même si c'était à tâtons et dans le noir. J'espérais quelque chose, fût-ce une faible lueur, selon la doctrine marine qui m'a toujours guidé : « N'importe quelle lumière vaut mieux que l'obscurité. » Ce soir j'avais fait un pas dans le dédale de mes ténèbres. J'avais compris que, croyant examiner la simple structure des ascenseurs, c'était en réalité la véritable architecture du monde que j'étais en train de découvrir.

Pour d'évidentes raisons je ne pouvais aborder ce sujet avec Anna. Pas davantage avec Walcott qui ne s'intéressait qu'à son iPhone et à mes éventuels maux de tête. Charistéas, qui ne vivait que pour ses nombres philarmoniques, m'aurait pris pour un illuminé de première catégorie. Restait Wagner-Leblond. Ces considérations ne lui apprendraient rien, bien sûr. Mais, j'en étais certain, il me délivrerait habilement de mon obsession par l'une de ses notations moqueuses : « Est-ce que vous savez pourquoi j'aime autant les jardins et que je m'arrange pour y passer le plus de temps possible ? Parce que, lorsque je m'y promène, je sais que je ne risque pas de voir un ascenseur. »

Les flocons étaient tombés durant toute la nuit. Dehors les déneigeuses soufflaient des gerbes blanches jusque sur les trottoirs. Anna était partie avant moi avec son 4 × 4 Subaru et ne m'avait pas proposé de me déposer. Cela faisait des années que je n'avais plus de voiture personnelle. Sans doute ma femme espérait-elle que le froid et la répétition des interminables trajets de car auraient raison de mes résolutions. À l'arrêt du bus, j'étais seul.

– Ah, Paul, je vous attendais, il faut que je vous parle. Venez dans mon bureau.

D'une extrême nervosité, Charistéas s'acharnait sur son bracelet-montre et le faisait tourner comme un komboloï. Il se balançait sans cesse d'un pied sur l'autre à la manière d'un enfant qui se retient d'uriner.

– Voilà... enfin, ce que je veux vous dire... c'est que... je sais qui vous êtes, voilà.

– Comment ça qui je suis...

– Vous n'êtes pas n'importe qui. Vous êtes l'homme de l'ascenseur. Ne le prenez pas mal. Mais je préférais savoir. J'ai toujours préféré savoir.

– Et alors ?

– Rien. Pour moi, ça ne change rien. Mais maintenant je sais. Et il fallait que je vous le dise.

– Qui vous a parlé de ça ?

– Personne. Mais hier après votre départ, j'ai réfléchi. Je ne comprenais pas qu'un homme comme vous se présente pour un poste de dog walker. Franchement je trouvais ça bizarre. Alors, à tout hasard, je suis allé sur Google et j'ai tapé votre nom. Et là, j'ai vu votre photo et lu votre histoire dans les articles de journaux. On dit que vous êtes un miraculé. Que vous aviez une chance sur un million de survivre. En tout cas ce qui vous est arrivé est une chose terrible. Ça m'a vraiment bouleversé. Alors voilà, il fallait que je vous le dise. Que je vous dise que je savais.

– À présent que vous savez, est-ce que ça change quelque chose ?

– Franchement, je ne comprends toujours pas pourquoi vous voulez ce boulot. Quoi qu'il en soit vous pouvez rester avec nous aussi longtemps que vous le souhaiterez. Il n'y a aucun problème. Je vous fais un café ?

Charistéas me servit une tasse d'une boisson quasi transparente, à l'arrière-goût d'encre de seiche. Il en but une gorgée et caressa son bracelet.

– Je vous vois encore rentrer, hier soir, sous la neige avec les chiens et votre sachet à la main. Quand même, un homme comme vous, qui a vécu une histoire pareille, qui ramasse, comme ça, dès le premier jour, sans faire d'histoire, c'est vraiment quelque chose.

– Je pense qu'avec un temps pareil on ne devrait pas avoir trop de travail, aujourd'hui.

– Vous rigolez. Même s'il tombait des clous, les clients nous les amèneraient, leurs chiens. Je crois qu'ils les aiment bien, mais c'est comme pour leurs gosses, ils préfèrent confier à d'autres le soin de s'occuper d'eux. À propos, sur le planning, j'ai vu qu'il y avait trois chiens à raccompagner ce soir. Tous dans le même secteur. Si vous voulez, vous pouvez vous en charger. Ça vous fera un petit supplément.

– Cudmore est sur la liste ?

– Oui, lui, il y est toujours. J'aime bien Cudmore. C'est un vrai monsieur. Son chien par contre, je sais pas d'où il le sort, mais c'est une vraie tête de con.

Durant la matinée, je fis deux sorties, des promenades individuelles, chacune de trois quarts d'heure, avec des animaux visiblement excités par les flocons et qui prenaient plaisir à se rouler dans l'épais matelas de neige. Ces marches du matin étaient un exercice apaisant, agréable. Elles se déroulaient dans un environnement immaculé et silencieux. Les flocons amortissaient tous les bruits et confinaient les gens chez eux. L'animal et moi étions seuls. Parfois côte à côte, d'autres fois, le chien, devant, et moi en retrait, afin de lui laisser toute la marge de liberté qu'autorisait la longueur de la laisse. À mon retour, Charistéas m'invita à m'asseoir dans son bureau et alluma la télévision.

— On va prendre un moment pour regarder en détail un petit film sur le travail de handler. Il y a un concours à l'est de Montréal dans une huitaine de jours. Ce que vous allez voir là devrait suffire à vous permettre d'y faire votre première présentation.

Le documentaire n'en finissait pas de montrer de vieilles images vidéo usées jusqu'à la trame, agrémentées de commentaires soporifiques rabâchant les mêmes préconisations insipides : « ... toujours courir aux côtés de l'animal au rythme de sa foulée, penser à chaque instant à former avec lui un véritable couple... savoir s'effacer pour ne jamais faire obstacle entre le juge et l'animal... avant de monter sur le ring, soigner une dernière fois la robe du chien, brosser ses poils morts et veiller à toujours masquer les petites imperfections de la robe ou de la morphologie... un juge peut être favorablement impressionné par la beauté de l'animal tout autant que par votre tenue et votre élégance... la marche en laisse et la présentation statique seront aussi des instants clés du concours… les caractéristiques du chien devront correspondre aux standards de sa race… un juge examinera le chien sous toutes les coutures et sera amené à palper certaines de ses parties, durant cet exercice l'animal devra rester immobile et accepter d'être touché par un inconnu… n'oubliez jamais qu'à l'occasion d'une compétition les mâles sont jugés avant les femelles et les jeunes avant les vieux… présenter un animal est toujours un exercice de style et d'harmonie durant lequel chaque partenaire du couple homme-chien doit donner le meilleur de lui-même. »

— Je ne suis pas sûr de pouvoir faire un truc comme ça. C'est quand même vraiment spécial.

— Je sais, Paul, je sais. Mais je vous le demande comme un service, juste une fois. J'ai un client qui veut absolument faire concourir sa chienne. C'est un très bon client. Il a vu des retransmissions à la télé et il est certain de pouvoir remporter quelque chose avec elle. Je ne sais pas pourquoi il s'est mis une idée pareille en tête, mais cela fait des mois qu'il m'en parle. Sa chienne s'appelle Charlie. Un golden retriever. Si vous voulez mon avis, il va se ramasser avec elle, mais bon, c'est son affaire. Tiens, d'ailleurs, Charlie, vous la prendrez cette après-midi pour une sortie individuelle.

— Qu'est-ce que j'aurai à faire à ce concours ?

— Ce que vous avez vu dans le film. Courir sur l'estrade, présenter la chienne au juge, attendre le classement final, et ensuite vous rentrez chez vous avec cent dollars en poche, quand même.

Ce « quand même » me sembla totalement inopportun. Charistéas maniait l'argument financier comme si une telle offre ne pouvait être dédaignée, comme si elle pouvait faire oublier la bizarrerie et le ridicule de l'exercice.

– J'oubliais, il faudra aussi vous habiller. Une veste, une cravate, enfin tout le machin quoi, vous avez vu le genre, je vous fais confiance.

– Écoutez, je vais réfléchir.

– Je comprends. En tout cas si vous pouvez me dépanner, Paul, vous me rendrez un fier service.

Une chose me préoccupait, dont je ne pouvais m'ouvrir librement à Charistéas. Ce genre de manifestation se déroulait en intérieur, avec un public conséquent. Dans ces conditions, je n'étais pas à l'abri de subir, en plein concours, une crise de panique comme celle qui m'avait poussé à tout bousculer sur mon passage et à dévaler aveuglément les escaliers de la Société des alcools du Québec.

La neige avait cessé mais un vent glacial rendait chaque sortie de plus en plus pénible. Les chiens eux-mêmes, giflés par les bourrasques, tordaient le museau et marquaient un temps d'hésitation avant de se lancer sur la piste. Quand vint le tour de Charlie, elle mit une patte dehors, huma le parfum du désastre, et s'assit avec une certaine noblesse sur le pas de la porte. À moins de la contraindre, il était clair que cette chienne n'irait pas plus loin et qu'en dépit de ses origines et des prétendues aptitudes de sa race, elle détestait le froid et par-dessus tout, le vent. Elle était assez belle, un pelage laiteux, de grands yeux noirs au regard sans détour, une tête expressive qui traduisait un tempérament aussi loyal que têtu. Nous restâmes ainsi côte à côte quelques minutes à nous observer mutuellement, puis je la raccompagnai au chaud, dans son abri.

Charistéas me confia ensuite les clés du minivan pour conduire deux chiens à la boutique de toilettage qui se donnait des allures de salon de coiffure. Une dizaine d'employés immigrés s'affairaient autour d'animaux lessivés dans des baignoires avant d'être soumis à la bruyante soufflerie d'énormes séchoirs électriques. Un homme qui semblait être le gérant s'approcha de moi, prit les chiens comme deux ballots de linge sale et les déposa dans un petit enclos.

— Vous direz à Charistéas qu'il fait chier. Avec lui c'est toujours pareil. Tout au dernier moment. Aucune organisation. C'est quand même pas compliqué de faire un planning ! Dites-lui bien que c'est la dernière fois. Vous êtes nouveau, vous ?

— J'ai commencé hier.

— Faut bien commencer un jour ou l'autre.

Depuis le matin je n'arrêtais pas de me gratter. Vers midi, je remarquai de petites plaques rouges à la base des poignets, sur mes avant-bras et autour du cou. D'heure en heure, j'avais l'impression que ces démangeaisons gagnaient du terrain, même si durant mes sorties les piqûres du froid anesthésiaient l'irritation.

Marcher. Au bout d'une laisse. Un chien et moi. Au-delà de la troisième sortie, je ne savais plus lequel des deux promenait l'autre. Nous avancions ensemble, respectant les règles d'un monde absurde qui voulait qu'à chaque tour de cadran, un homme sortît une bête, quels que soient le temps, et la neige, et le vent. Tels étaient les termes du contrat et des gens avaient payé pour ça. Alors faisant contre mauvaise fortune bon cœur, nous marchions, tantôt aiguillonnés sous l'effet des rafales, tantôt, au contraire, rabroués par la violence des bourrasques, nous respections le protocole et suivions ce mince sillon tracé dans la neige qui tenait lieu de piste. Le temps s'écoulait comme l'eau d'une fontaine, sans jamais laisser en moi ni marque ni empreinte.

Par instants, j'émergeais de cette blanche torpeur, je m'interrogeais sur ce que j'étais réellement en train de faire et sur les véritables raisons qui me poussaient à m'infliger au quotidien un tel traitement. Mais passé le frisson de ce questionnement, je replongeais dans mon hébétude et continuais ma route.

— Le toiletteur vous fait dire que c'est la dernière fois qu'il accepte de prendre vos chiens si vous ne le prévenez pas plus tôt.

— Qu'est-ce qu'il veut, ce con ? J'en ai rien à faire de ce qu'il raconte. Je lui amène des chiens et il les lave, un point c'est tout. C'est moi qui le fais vivre. S'il veut plus faire ce métier, qu'il dégage. Tous pareils ces putains de Grecs.

— Mais vous êtes grec vous-même, non ?

— Vous rigolez ou quoi ? Moi je suis chypriote. Chypriote de Limassol.

Lorsque je repris le sentier des neiges pour ramener à leurs propriétaires respectifs Watson et Charlie, ma future partenaire de music-hall, le vent avait encore fait baisser la température. La maison de Cudmore me parut plus imposante et intimidante que la veille. La porte d'entrée s'ouvrit et le maître apparut, aussi massif que pouvait l'être sa demeure.

– Bonsoir, je vous ramène Watson.

– Je vois. Et il est encore trempé. Quand il fait ce temps, vous seriez gentil de le ramener en voiture. Je paye pour ça. Dites-moi, est-ce que ce chien a été sorti hier et a fait ce qu'il avait à faire ?

– Absolument, et c'est moi qui l'ai promené.

– Vous en êtes certain, je veux dire, qu'il a fait ?

– J'en suis certain.

– Alors il faudra prévoir un rendez-vous avec un comportementaliste, et rapidement.

– Vous avez eu un problème ?

– Hier soir, j'ai à peine eu le temps de refermer la porte que ce salopard faisait ses besoins dans l'entrée.

La nuit tomba très vite et me surprit sur le chemin qui me menait à présent chez le propriétaire de Charlie. La chienne et moi suivions un sentier forestier. De temps à autre des amas de neige se décrochaient des branches. On entendait le vent se faufiler entre les cimes des arbres et siffler parfois comme un train en colère. Charlie et moi marchions d'un même pas, concentrés sur notre progression, quand, soudain, sans raison perceptible ni signe annonciateur, j'eus la conviction que la vie m'abandonnait. Qu'elle se répandait dans cette forêt. Toute ma vie. Avec chacune de ses particules. Le froid s'engouffra dans ma poitrine et avec lui un vide d'une indicible profondeur, une tristesse venue des origines. Mes muscles se relâchèrent, j'eus la sensation une nouvelle fois qu'un câble, quelque part, se décrochait, et je tombai à genoux dans la neige. J'essayai bien de me relever, mais c'était devenu chose impossible. Je ne pouvais esquisser le moindre geste. Je n'avais plus de vie, plus de soutien, plus de famille, rien qui m'aurait aidé à me redresser. Il faisait froid, tous ceux que j'avais aimés étaient morts. Marie dans l'ascenseur. Nul ne saurait jamais ce que j'avais vu. Ma fille était hors du monde, prisonnière de la mémoire froide. Plus rien ne changerait jamais. Il ne restait que des cendres que l'on ne pouvait même plus brûler. Les ascenseurs, eux, flambaient dans les nuits de Noël. Les Sneijder construisaient des bateaux qui s'en allaient sur l'eau. Jusqu'au jour où on les enterrait. Bastiaan avait fabriqué des avions. Jusqu'au jour où on l'avait enterré. Ma mère, elle, était encore souvent près de moi. Quand je prenais l'autobus ou que je m'asseyais à mon bureau. Elle essayait toujours de me convaincre que les choses allaient s'arranger. Mais ce soir elle ne disait rien. Il n'y avait plus aucune lumière. Seulement l'obscurité. Et la chienne et moi dans la neige. Désarticulé. Des larmes coulèrent sur mon visage mais je ne ressentais aucun chagrin. Durant tout le temps de cette immobilité, Charlie resta assise près de moi. Elle me regarda comme elle avait toujours regardé les hommes. Avec ses yeux noirs, scrutateurs et profonds. Des yeux de chien patient qui attendait simplement que la vie reprenne son cours, et, après elle, notre marche vers les lumières des maisons.

Pendant ce moment d'absence, mes mains à l'abandon, j'avais lâché la laisse. La chienne était libre. Elle n'en profita pas.

Avec ma cape et mon visage cireux sans doute devais-je avoir toutes les apparences d'un spectre. Quand Jean Bréguet m'ouvrit sa porte, je dis juste : « Je vous ramène votre chien. » Le temps qu'il me propose d'entrer pour me réchauffer un instant, j'étais déjà reparti dans la nuit, droit devant moi. Tous les animaux que j'avais eus dans ma vie et que j'avais enterrés de mes propres mains marchaient à mes côtés. Ils étaient là, tous sans exception, proches, fidèles à nos souvenirs communs, marqueurs affectueux de toute une existence. Nous formions un équipage indissociable. Une mémoire en marche.

Il y eut le périple en autobus. Les visages fatigués. La peur de la crise d'angoisse à chaque montée de nouveaux voyageurs. Les démangeaisons. Et ensuite, de la marche encore, pour arriver jusque chez moi. Lorsque je posai le pied sur le perron, les sirènes du système d'alarme s'enclenchèrent l'espace d'une seconde, puis, découvrant probablement que ce n'était que moi, rengainèrent aussitôt leur mélopée.

L'eau chaude m'a toujours réconcilié avec mon corps. Elle ne se contente pas de le purifier. Elle parvient aussi à soulager toutes sortes d'angoisses et même les douleurs de fatigue qui sillonnaient alors les os de mes jambes. Elle ne pouvait rien en revanche contre ces plaques rougeâtres qui me donnaient parfois envie de me gratter jusqu'au sang. Le mal ne progressait pas mais il semblait s'enkyster, s'installer dans la profondeur du derme, prendre ses aises.

J'étais encore profondément troublé par ce qui m'était arrivé dans le bois. Cela avait peut-être à voir avec l'accident, mais ne regardait que moi. Je devais seulement être prudent. Ne pas me laisser envahir. Sur le seuil de la salle de bains, Anna demanda :

– Comment ça se passe pour toi ?

– Il neige. Il fait froid. Je sors des chiens, je rentre des chiens, je ramène des chiens chez eux. Matin et soir je prends l'autobus. Et j'ai aussi des plaques rouges sur le corps.

L'évocation de cette dermatose réveilla d'un coup la fibre hygiéniste et prophylactique de ma femme. D'instinct, elle s'écarta légèrement de moi, de la même façon que si elle redoutait une contagion. Examinant mes poignets à un bon mètre de distance, elle fit une moue dont je ne savais si elle traduisait de l'inquiétude ou du dégoût, et elle dit :

– Il faut absolument que tu voies quelqu'un.

Tout au long de notre vie commune, à chaque fois que nous avions été confrontés à un souci, qu'il fût de santé ou d'un tout autre ordre, la première chose qu'Anna m'avait toujours dite, c'était : « Il faut que tu voies quelqu'un. » Il y avait quelque chose de magique dans cette adjuration. Invoquer ce « quelqu'un » qui, quelque part au-delà de nous, possédait la clé de l'énigme revenait, pour elle, à énoncer un acte de foi. Elle était certaine qu'il suf-

135

fisait de « voir » ce chaman-là pour que les soucis et les plaies cautérisent. Avec le temps, j'avais ainsi découvert que ma femme vivait à la fois dans les cocons fibrés de l'ultramodernité et dans une arrière-scène mentale où la magie avait encore tout pouvoir pour guérir les écrouelles domestiques.

À l'étage m'attendait un autre monde, éparpillé sur mon bureau, dispersé dans une foule d'annotations, aussi fragmenté et parcellaire que le catalogue annuel de pièces détachées d'*Elevator World*.

Comment ça marche ? C'était la seule question qui valait. D'aussi loin que je me souvienne, cette interrogation m'avait accompagné à chaque instant de ma vie. Une insatiable curiosité du monde et des êtres. Essayer de comprendre. D'appréhender tout ce qui nous entoure. Passer du moteur diesel à rampe commune au point d'éclair des phényléthylamines. Accumuler des petits savoirs. Une multitude de choses inutiles. Agrégées les unes aux autres, elles formaient un outil bizarre, ressemblant à ces pinces protées dont chaque fonction en dissimule une autre.

Je savais comment marche un ascenseur. Si l'on me donnait le poids en charge de la cabine, je pouvais calculer la résistance de chaque câble de soutien. Je n'ignorais rien des mécanismes de déclenchement des « parachutes ». Et pourtant je ne comprenais toujours pas pourquoi Marie était ici, près de moi, dans sa boîte, et pourquoi j'avais choisi de vivre en compagnie des chiens. Chaque soir je tentais de mettre sur pied un théorème plus ou moins recevable que les premières lueurs du matin effaçaient dans la poussière de la poudre de craie. J'avais beau répéter que la marge était toujours trop étroite pour contenir l'élégance et la radicalité de ma démonstration, personne ne me prenait au sérieux. Il m'arrivait alors de me demander si « Comment ça marche » était bien la bonne question. Peut-être avais-je fait fausse route depuis le début. Quand on a un problème, plutôt que de vouloir le régler par soi-même, la solution n'est-elle pas tout simplement de se décharger du fardeau et « d'aller voir quelqu'un » ? Pour mille et une raisons, il m'était impossible d'envisager cette hypothèse.

Sous l'éclairage de ma lampe de bureau, la dermatose formait un large bracelet rougeâtre autour de mes poignets. Sur les bras et le cou, pour être plus diffuses, les atteintes n'en étaient pas moins ulcérées. Du rez-de-chaussée, je percevais les éclats de voix indistincts d'une émission de télévision. Normalement ma place aurait été en bas, auprès d'Anna, à écouter parler le monde. Mais depuis l'accident bien des choses avaient changé. De même que la foule aujourd'hui comprimait mes poumons, de même que je n'imaginais plus possible de partager une douche avec ma femme, me retrouver à ses côtés, face à un poste de télévision, s'apparentait pour moi à une expérience extrême que je n'envisageais même pas.

SIX

J'étais sorti du coma. Et maintenant je remarchais en compagnie de mes chiens. Quelque chose était en train de se produire. Une imperceptible modification. Quoi qu'en pense ma femme, je retrouvais peu à peu mes esprits. Tous les soirs, à ma table, je travaillais, je lisais, je cherchais. Un accident servait aussi à ça. À comprendre l'origine du malheur. À démonter la machine et à la remonter. À tâter le gras de l'huile et le pas du boulon. À considérer l'engin dans son entier. Je veux dire juger de son rôle, de sa fonction sociale et de son importance réelle. Ne pas se laisser abuser par du camouflage. Essayer de distinguer les choses dissimulées derrière les choses, de s'intéresser à ce qui n'est pas visible à l'œil nu. Par exemple aux ascenseurs. Qui nous élèvent, mais aussi nous dressent les uns contre les autres.

– Tu penses aller voir quelqu'un, demain ?

Dès l'instant où ma peau s'était mise à desquamer, ma femme était devenue plus attentive et me témoignait une inhabituelle sollicitude. Cela, bien sûr, dans le seul souci de se préserver d'une éventuelle contagion.

– Je verrai comment ça aura évolué demain matin, mais ce n'est pas impossible.

– Tu veux que je te dépose en partant ?

– Au travail ?

– Non, chez le médecin.

Le sommeil ne venait pas. Je l'attendais avec résignation, un peu comme ces voyageurs qui espèrent l'arrivée d'un autocar capricieux dont nul ne sait jamais s'il passera, ni quand. Parfois, allongé ainsi, dans le noir, les yeux grands ouverts, j'avais l'impression que ma langue enflait, devenait aussi dure qu'une lame de bois et emplissait toute ma bouche. C'était, évidemment, une sensation illusoire mais si bien contrefaite qu'elle en devenait totalement écœurante. À ces moments-là, je tâchais de penser à autre chose, aux jumeaux par exemple, et peu à peu, comme un satyre qui débande, le muscle retrouvait un volume plus modeste. Le cerveau s'amusait avec bien peu de chose.

Par charité, je n'évoquerai pas l'organisation du système de santé québécois par ailleurs tout à fait performant pour peu que l'on ait eu assez de patience et un nombre relativement stable de gamma-globulines pour héberger une pathologie pendant quarante-cinq jours, délai moyen d'obtention d'un rendez-vous. La surmotivation de ma compagne et l'efficacité de son portefeuille relationnel me propulsèrent chez un dermatologue qui me reçut, comme toujours, entre deux clients, le matin même.

– De l'eczéma, tout simplement.

Le spécialiste portait une veste bavaroise agrémentée d'un col en cuir et d'empiècements de la même matière sur les coudes.

– Vous avez déjà eu ce genre de plaques ?

– Jamais.

– Quelque chose a changé récemment dans votre vie ? Des problèmes au travail, la prise d'un nouveau médicament ?

– Non, rien.

– Pas d'allergies connues ?

– Non.

– Pas d'animaux nouveaux ?

– Si. Depuis lundi je suis en contact avec des chiens toute la journée.

– Eh bien, voilà. Vous êtes allergique aux poils de chien. Vous avez des chiens chez vous ?

– Non, c'est au travail. Je suis promeneur de chiens.

– Alors là, ça va être plus compliqué. Soit vous vous faites désensibiliser, mais ce sera long, soit vous portez des gants en permanence en essayant d'exposer le moins possible de peau, soit vous changez de métier. En tout cas il faut prendre quelque chose pour vous calmer. Une pommade à la cortisone en application locale, et des corticoïdes si ça ne suffit pas.

J'arrivai à DogDogWalk vers midi. J'avais prévenu Charistéas de mon retard et de ma visite chez le médecin. Curieux, indiscret, sautillant comme un écureuil au printemps, il m'attendait sur le pas de la porte.

– Alors ? Ça va ?

– Ça va.

– Qu'est-ce qu'il a dit le toubib ?

– J'ai de l'eczéma. Une allergie aux chiens.

– Vous rigolez. C'est la première fois que j'entends parler d'une allergie aux chiens. On est allergique aux chats, aux acariens, à tout ce que l'on veut, mais pas aux chiens. Et il faut que ça tombe sur vous. Qu'est-ce que vous allez faire ?

– Prendre de la cortisone.

– Rassurez-moi, vous ne quittez pas ce travail ?

– Pas pour le moment.

– Bon, en tout cas, vous ne brosserez plus les chiens. Quelqu'un d'autre s'en chargera. Vous, ce sera juste la promenade. Il vous faut des gants, j'imagine ? J'en ai. On ne peut pas dire que vous soyez chanceux, vous. Ça non, on ne peut pas le dire.

Charistéas me fit signe de le suivre dans son bureau. En refermant la porte derrière moi, il me dit :

– J'en ai trouvé un autre.

– Un autre quoi ?

– Un autre nombre premier palindromique : 1 021. Regardez : 1 021 multiplié par 1 201 égale 1 226 221. Je l'ai trouvé tout à l'heure. Les autres étaient bien mais celui-là me semble plus pur, avec ce 6 au milieu qui fait charnière.

– Je peux vous demander pourquoi vous faites ça ?

– Pourquoi je fais quoi ?

– Cette recherche de nombres bizarres.

Le visage de Charistéas se figea comme si l'on venait de lui annoncer que Limassol avait été repris par les Turcs. Puis, se ressaisissant, d'une petite voix que je ne lui connaissais pas, il avoua :

141

– Je ne sais pas. J'ai toujours fait ça. J'ai toujours fait des choses bizarres avec les chiffres.

Toute l'après-midi je m'efforçai de travailler sans penser à ce qui m'était arrivé la veille, ce déplaisant état de prostration dans lequel j'avais basculé à la tombée du jour. Je savais que ce soir j'emprunterais le même itinéraire avec le même animal. J'espérais seulement ne pas avoir à nous infliger une pareille séance. Cet instant d'absence m'avait troublé bien davantage que je ne voulais le dire. D'autant que la représentation de cette scène, que j'avais forcément reconstruite a posteriori, me rappelait une image religieuse de mon enfance qui m'avait marqué. On y voyait un homme vêtu d'un lourd manteau et d'une capuche en train de prier à genoux dans la neige, à côté de son grand chien blanc qui paraissait veiller sur lui.

Hier, sitôt après avoir rendu l'animal à son propriétaire, à peine engagé sur le chemin du retour, ma mémoire s'était mise à l'œuvre, fouillant les archives et exhumant l'original de cette pieuse représentation d'une foi hivernale. Venant du bout du monde et remontant le temps, par quel dédale avait-elle bien pu se faufiler pour m'inspirer semblable génuflexion, près d'une chienne placide dont j'étais censé être, bientôt, le partenaire de music-hall ?

Vers quinze heures, avec mille précautions oratoires et autant de mises en garde, Charistéas me confia, pour une promenade de trois quarts d'heure, le chien de monsieur de Lappe, cette bête dont plus aucun promeneur ne voulait entendre parler. On disait cet akita agressif, capable de mordre à n'importe quel moment.

– Soyez très prudent. Évitez de le laisser s'approcher des gens et surtout des autres chiens. Autrefois, au Japon, les akitas étaient utilisés comme chiens de combat. À mon avis, celui-là, il ne l'a pas oublié.

Je découvris un animal d'une grande beauté et d'une présence étonnante, attentif au moindre écart, paraissant posséder une conscience aiguë de la fragilité des choses, sans la moindre agressivité mais toujours prêt à défendre âprement la parcelle de vie qui lui avait été concédée. Pour une fois, Charistéas n'avait pas tort, ce chien portait peut-être en lui la mémoire d'un monde enfoui, d'un temps où l'on envoyait les siens s'entretuer pour distraire les hommes. Nous fîmes notre ronde paisiblement, à la manière d'un maître et de son chien, confiants l'un dans l'autre. Le froid semblait rebondir sur l'épaisseur de son pelage, tandis qu'il anesthésiait mon eczéma bien plus sûrement que l'onguent corticoïdien.

– Vous savez, Paul, remarqua Charistéas, j'en ai vu défiler des types ici, depuis des années. Qui se présentaient comme des dresseurs et prétendaient tout savoir sur les chiens. Mais dès qu'il s'agissait de sortir Julius, l'akita, ils avaient toujours un truc urgent à faire ailleurs. Vous, c'est l'inverse. On s'aperçoit tout de suite que vous ne connaissez rien à ces bestioles. En revanche, ce qui est tout aussi évident, c'est qu'elles vous aiment. Alors quand je vois cet akita s'asseoir ici tranquillement à côté de vous en rentrant de promenade, je n'en crois pas mes yeux. Et vous savez quoi ? Ce qui est encore plus étonnant c'est qu'un type comme vous, avec une « main » aussi incroyable, soit allergique aux chiens.

La vie, ce sport individuel qui mériterait, pour peu que l'on considère l'absurdité de ses règles, d'avoir été inventé par un Anglais bipolaire, avait assez d'humour pour laisser à des chiens, dont je ramassais ce que l'on sait, le soin de me redonner une petite part de la confiance et de la douceur dont la plupart des miens m'avaient depuis longtemps privé.

J'avais pleinement conscience de n'être plus le même homme depuis l'accident. Anna pensait que le choc m'avait fait perdre la tête ou à tout le moins qu'il m'avait désaxé, révélant au grand jour mes tares et faiblesses antérieures. Il ne faisait aucun doute pour elle que cet état pathologique nécessitait l'expertise d'un spécialiste et une réponse médicale appropriée. Mon opinion était bien sûr différente. Si je percevais ce léger décalage dont elle parlait et qui l'inquiétait, j'avais aussi le sentiment qu'il me permettait de considérer le mécanisme de nos vies sous un autre angle, une autre perspective. J'éprouvais le besoin légitime de reconsidérer et de vérifier certaines choses par moi-même. Je travaillais toutes les nuits pour y parvenir. J'apprenais. Je lisais des rapports. Des comptes-rendus où des gens ordinaires parlaient de leur phobie : « Je n'ai pas peur de mourir dans un ascenseur. Je ne crains pas davantage qu'il tombe en panne et s'écrase en bas. Non, ce qui me terrifie plus que tout, c'est de rester coincé à l'intérieur de la cabine avec moi-même. » Dans un autre document, je découvrais que la règle numéro un chez les fabricants d'ascenseurs était de ne jamais installer de glace ou de miroir à l'intérieur d'une cabine. Il était en effet établi que, dans cet univers étroit et clos, un tel accessoire mettait les passagers mal à l'aise comme si, par exemple, ils ne supportaient pas de « se voir enfermés avec eux-mêmes ». Je n'inventais rien. Je compilais. J'accumulais les rapports des marchands comme ceux des thérapeutes. Et il ne me semblait pas que tout cela fît de moi un fou.

J'étais simplement devenu un homme attentif. Regardant. C'était là une caractéristique que je partageais avec les chiens, du moins avec certains d'entre eux. Cette capacité de demeurer en alerte, silencieux, d'observer, comme l'akita, chaque modification de l'image rétinienne, d'essayer de comprendre ce que ce changement pouvait induire, bref d'être au cœur de la vie sans jamais la quitter des yeux. Cette pratique était naturelle, instinctive chez la plupart des animaux. Pour ma part je la redécouvrais. Un peu comme si l'accident m'avait ramené en arrière, dans ces temps reculés où la vie était encore un bien fragile, précieux, sur lequel il fallait veiller à tout moment.

Je passai le restant de l'après-midi à faire trois autres sorties. Puis Charistéas me demanda d'emmener Charlie en promenade individuelle et de la ramener ensuite chez elle après avoir déposé Watson. Nous allions donc revenir sur les lieux de ma génuflexion extatique, toujours vêtu de ma tunique de moine animalier, encore desquamant, mais cette fois bardé de cortisone.

– Bréguet voudrait vous voir. Il m'a appelé tout à l'heure. Il souhaiterait avoir votre réponse pour ce week-end. Il est anxieux pour le concours. Enfin, vous en discuterez ensemble. C'est un type gentil, vous verrez. Il est psy.

Irrigué par toute la sève de la terre, ayant constamment l'air d'être parcouru par un courant électrique de fort voltage, virevoltant sur ses petites pattes torses, Watson paraissait toujours trouver le rythme de la promenade trop lent. Ce jeune mâle appartenait à cette espèce de chiens infatigables, nés pour griller un perpétuel surcroît de carburant et capables de se lancer dans une course à la vitesse d'une balle de fusil. Tenir en laisse un pareil animal, refréner de tels débordements était une pure hérésie. À l'inverse, Charlie, reposante femelle, conservait son pas et son allure en dépit des bourrades et charges joueuses du jeune bâtard qui devait faire le tiers de sa taille et de son poids.

– Vous le ramenez de plus en plus tard.

Cudmore me traitait toujours avec autant de désinvolture et employait à mon égard un ton méprisant assez proche de celui qu'il avait coutume d'utiliser lorsqu'il s'adressait à son chien.

– Vous avez pris rendez-vous ?

– Quel rendez-vous ?

– Bon sang, hier soir, je vous ai demandé de prendre contact avec un comportementaliste pour cet animal, vous l'avez fait ou pas ?

– J'ai transmis votre message à monsieur Charistéas.

– Et alors ?

– J'imagine qu'il a dû faire le nécessaire.

– Vous imaginez. Ça, ça me rassure. Alors, écoutez-moi bien : dites bien à ce type qu'il va m'entendre demain si je n'ai pas ce putain de rendez-vous !

La lourde porte de bois claqua avec une telle violence qu'un pan de neige accroché sur le toit du porche se décrocha d'un bloc et s'affala aux pieds de Charlie. Tout autre chien aurait bondi ou fait un écart. Elle se contenta de soulever la tête pour vérifier la provenance de cet amas, puis la tourna vers moi avec un air qui semblait dire « Quand tu voudras ».

Et nous reprîmes notre marche blanche. Cette fois, la nuit était claire, sans un souffle de vent et, sous la lune, la forêt avait perdu de son mystère.

C'était exactement là. À cet endroit où le chemin s'incurve pour rejoindre plus loin les bouquets de lumières qui bordent les maisons. Je cherchai dans la neige la trace de ma génuflexion mais le vent et les promeneurs avaient tout effacé. Je fis quelques pas et m'assis sur un bloc de pierre. La chienne se rapprocha de moi et regarda le chemin, comme si elle confirmait : « C'est exactement là. »

Dès les premiers instants de notre rencontre, Jean Bréguet me parut être l'exact opposé du rustre Cudmore. Cet homme que j'avais entraperçu hier pour la première fois, émergeant à peine de ma phase de prostration, me recevait ce soir comme si nous étions des amis de toujours. Il me présenta une femme séduisante, qu'il dit être une amie, et me fit asseoir dans son salon malgré mon accoutrement de garde forestier. Son amabilité naturelle était légèrement surjouée en raison, sans doute, du service qu'il s'apprêtait à me demander.

– Ça me fait très plaisir de vous rencontrer. Je vous aurais bien fait entrer hier soir, mais vous sembliez vraiment pressé. Vous savez que Charistéas ne tarit pas d'éloges sur vous. Il m'a dit que vous aviez un rapport exceptionnel avec les chiens.

– Je pense que c'est très exagéré.

– Non, non, il est formel. En tout cas je sais qu'il vous a fait part de mon projet pour dimanche. Alors ?

– Je n'ai jamais fait ça de ma vie et je ne connais absolument rien aux chiens.

– Charistéas m'a dit ça aussi. Mais la chienne non plus n'a jamais concouru. Il m'a assuré, en revanche, qu'il n'avait jamais vu quelqu'un avoir une telle emprise sur les chiens. Il m'a parlé de votre sortie avec l'akita, Julius, c'est ça ? C'est incroyable. Et croyez-moi, je connais bien ce chien.

– Il y a certainement des dizaines de handlers qui sont bien plus compétents que moi et seraient ravis de mener votre chienne à cette compétition. C'est un animal adorable.

– Je veux que ce soit vous. Je sens que ça doit être vous. Et puis vous êtes tellement différent de ces petits branleurs qui ne s'occupent de chiens que pour pouvoir se payer une décapotable.

– Vous ne me connaissez pas. Après tout, peut-être que moi aussi, je veux une décapotable.

– Sans vous offenser, je crois que vous avez

148

passé l'âge. Vous savez, je suis psy, on ne me la fait pas.

La belle amie de l'analyste m'apporta un soda, s'assit en face de moi, croisa ses jambes qu'elle savait spectaculaires, tandis que Charlie, plus prosaïquement, allongeait ses pattes à mes pieds, fermant aussitôt les yeux pour ne plus voir la saynète qui se jouait devant elle et dont elle était, malgré elle, l'enjeu.

– Charistéas vous a dit comment j'étais devenu psy ? Si vous avez deux minutes, je vous raconte.

– Je vous en prie.

– J'ai commencé à travailler assez jeune en vendant des voitures chez General Motors dans l'est de la ville. À l'époque on avait un sacré catalogue, Buick, Pontiac, Cadillac, Oldsmobile et Chevrolet. Il n'y avait pas encore trop de japonaises ni d'allemandes. On était les rois. Les affaires tournaient. Petit à petit j'ai gravi les échelons et je suis devenu concessionnaire. Et quand les gens venaient acheter une voiture, dans ces années-là, ils ne se pressaient pas, ils passaient du temps chez nous. On finissait par les connaître. Et c'est là que ça a débuté. J'ai remarqué que la plupart des clients, à un moment ou à un autre, me confiaient leurs histoires, me racontaient leur vie. Ils me disaient que ça leur faisait du bien de parler, qu'ils se sentaient en confiance avec moi. À la fin, les gens ne venaient plus que pour me voir, parfois en famille, c'est à peine s'ils jetaient un œil aux voitures. C'est là que j'ai compris que je m'étais trompé de métier. Que j'étais né pour écouter et non pour baratiner.

J'ai vendu le garage, j'ai fait ma formation, et aujourd'hui je roule en Lexus.

– C'est une histoire édifiante.

– Je ne sais même plus pourquoi je vous racontais ça.

– Pour me convaincre. En tout cas il faut que je vous dise une chose. Il y a quelque temps, j'ai eu un accident.

– Je suis au courant. Charistéas m'en a parlé. C'est une chose terrible qui vous est arrivée.

– Depuis, je suis parfois sujet à des crises d'angoisse ou de panique quand je me trouve dans un bâtiment fermé et qu'il y a trop de monde autour de moi. C'est très désagréable, très violent. Or je crains qu'il n'y ait pas mal de spectateurs à ce concours et je redoute un peu la survenue de ce genre de malaise.

– Si ce n'est que ça, je vous assure, ne vous faites aucun souci. Je vous préparerai quelque chose, une solution buvable que vous prendrez une heure avant le début de la compétition. Et je peux vous garantir qu'ensuite vous serez aussi détendu et relaxé qu'une olive dans un verre de Martini.

La belle amie croisa ses jambes dans l'autre sens et avala d'un trait le verre de scotch qu'elle s'était servi. Toutes ces histoires de chiens de concours, de psy-marchand-de-voitures et de phobiques débutants, paraissaient l'assommer. Son corps entier exprimait son désir d'être ailleurs. Hors de cette maison qui semblait vouée au culte de la race et au respect du pedigree.

– Je peux vous demander ce qu'un psychanalyste va chercher dans des concours de chiens ?

– Sans doute un petit bénéfice narcissique. Un frisson par procuration. Quelque chose d'assez proche de ce que peut ressentir une mère qui inscrit sa fille dans un concours de beauté. Et puis il y a eu, je dois l'avouer, la lecture de *My Dog Tulip*, de Joe Randolph Ackerley. Cet homme réputé, raffiné, directeur d'une estimable et ambitieuse revue culturelle éditée par la BBC, et qui connut son temps de gloire dans les années cinquante, eut deux passions dans sa vie. Les horse-guards dont il aimait fréquenter assidûment les vestiaires – comme son propre père du reste, qui se divertit longtemps en compagnie de ces mêmes gardes à cheval – et sa chienne Tulip. Il consacra un livre bouleversant à cet animal et à l'amour démesuré qu'il lui porta. Cette ode peut parfois surprendre. Comme lorsqu'il affirme que pour communier pleinement avec Tulip, il pressait, durant les périodes de chaleurs de la chienne, la paume de sa main contre sa vulve afin de recueillir ses humeurs. En fait, il expliquait qu'il aimait son animal jusque dans ses fonctions les plus naturelles.

Bréguet alla chercher le livre d'Ackerley sur une table basse, le feuilleta rapidement et revint vers moi avec un large sourire.

– Écoutez comment il décrit la défécation de Tulip : « J'ai toujours plaisir à la voir remplir cette fonction. Elle se baisse avec précaution, lentement jusqu'à adopter une position en trépied. Elle écarte ses pattes arrière autant qu'elle le peut pour préserver sa fourrure et éviter de souiller ses membres. Sa longue queue, qu'elle porte d'habitude en une courbe harmonieuse, se raidit au point de former une ligne parfaitement parallèle au sol, ses oreilles s'inclinent en arrière, son cou et son museau se tendent vers l'avant, et une expression douce et méditative s'installe sur son visage paisible. » Singulier, non ? Je vous épargnerai la façon dont cet homme et cette chienne mourront l'un près de l'autre dans l'oubli, l'incontinence, la solitude et les pires souffrances de la vieillesse.

Estimant qu'elle en avait assez entendu pour ce soir, l'amie se leva, se dirigea vers l'entrée, enfila un manteau en laine de belle coupe et dit : « Il faut que je me sauve. » Nous nous levâmes à notre tour pour la saluer. La taille prise par une ceinture, ses cheveux ramenés en chignon et retombant en pluie sur le contour de son visage, elle m'apparut, dans la pénombre du hall, d'une éblouissante beauté. À peine la porte refermée, Bréguet me saisit le bras :

– Alors, c'est oui ?

L'âme de l'ancien négociant était toujours là, rôdant, tapie sous le vernis de l'analyste. Le Lacan du Power Glide ressuscitait, le stylo dans une main, le contrat dans l'autre, il vous garantissait que c'était bien là l'affaire d'une vie, une offre exceptionnelle qui n'avait pas d'égale.

– Pour le dédommagement, c'est vous qui fixerez votre prix. Charistéas m'a parlé de cent dollars, mais je trouve cela ridicule. Surtout si vous voulez vraiment acheter une décapotable.

Je donnai mon accord en insistant sur l'importance et la qualité du sédatif, bien plus déterminantes que le montant de la bourse.

– Vous passerez la journée la plus calme, la plus paisible de votre vie. Et vous savez quoi ? J'ai confiance. J'ai une terrible confiance en vous. Ce chien, vous allez le conduire tout en haut, sur la première marche.

Après dîner, je passai un long moment avec ma fille. Je repensai à notre dernière conversation, dans ce café, le matin de l'accident. Nous avions parlé d'implantologie, un acte chirurgical mis au point dans les années cinquante par un chirurgien suédois, consistant à introduire, dans l'os de la mâchoire et en plusieurs étapes, divers implants en titane sur lesquels venait ensuite se fixer une dent en céramique. Je n'avais rien oublié de ses explications ni du son de sa voix qui était encore présent dans ma tête. Je me souvenais qu'elle avait même employé l'étrange expression de « mise en nourrice » pour qualifier la période d'attente de cicatrisation après la première greffe. Quel curieux sujet de conversation pour un dernier échange. Au lieu de dire à cette enfant qu'elle avait toujours été le centre de ma vie, le cœur de mes jours, que je ne m'étais jamais habitué à ses absences, que chaque heure passée sans elle m'avait livré un peu plus aux tourments de ma lâcheté, que lorsque j'étais allé la chercher à l'aéroport mes mains tremblaient comme le jour où elle était née, au lieu de lui dire tout cela, de la regarder des larmes dans les yeux et de la serrer contre moi, je l'avais questionnée avec un certain détachement sur cette trouvaille chirurgicale du docteur Per Ingvar Bränemark. Ce qui était dit était dit.

Ce matin-là, dans ce café, j'avais offert une montre à Marie. Elle n'avait rien d'un bijou précieux, mais ma mère l'avait portée pendant de nombreuses années. C'était une montre de marque modeste, Edma je crois, assez masculine, avec une petite trotteuse qui traçait sa route personnelle, un peu à l'écart, sur le cadran. Cela lui avait fait extrêmement plaisir et je me rappelais qu'elle l'avait aussitôt mise à son poignet droit. Cette montre ne me fut jamais restituée. Ni par l'hôpital ni par les pompes funèbres. Ni par ma femme. Personne ne l'avait vue ni mentionnée. Ma fille ne la porta que quelques heures. Je me demandais où elle pouvait bien être aujourd'hui et l'heure qu'elle indiquait.

J'ouvris mes dossiers et compulsai des pages de tableaux statistiques agrémentés de courbes qui ressemblaient à des montagnes russes. Amasser, entasser des gens dans des tours était une chose. Après, il fallait les déplacer. Vite. Éviter qu'ils n'engorgent les canalisations. Fluidifier le trafic. Ce soir-là, je travaillai sur ce sujet à partir de documents d'experts et de conseillers en ascenseurs. Ils avaient écrit une sorte de bible hérissée d'une foultitude de calculs et de commandements impossibles à enfreindre. Ainsi, trente pour cent de la population d'un immeuble devait pouvoir être transportée en moins de cinq minutes. Pour connaître le temps d'attente et la fréquence des embarquements, il fallait calculer le temps moyen d'un aller-retour d'un ascenseur et le diviser par le nombre total de cabines en service. Selon ces normes, les usagers ne devaient pas avoir à patienter plus de trente secondes. Il existait des graphiques où apparaissait le calcul théorique du nombre d'arrêts moyens d'une cabine, en fonction de la quantité de passagers qui l'occupaient : dix personnes dans un ascenseur desservant dix étages : six arrêts et demi. Dix personnes ventilées sur trente étages : neuf stops et demi. Et ainsi de suite jusqu'à la voûte du ciel. Pour calculer la durée moyenne véritable d'un trajet dans une tour, on devait prendre en compte des paramètres tels que les temps de chargement et de déchargement, et les ruptures de vitesse linéaire causées par les accélérations et les décélérations de l'engin. Ces masses de données livraient au final le seuil critique de viabilité d'un immeuble et d'une tour. Le nombre, la taille et le niveau de performance des ascenseurs. Des spécialistes évaluaient aussi les risques de thrombose, et l'envergure du projet était validée ou non en fonction du seuil d'inconfort au-delà duquel toute vie en commun devient impossible. C'était en partie à cause de ces chiffres que la flèche de Wright errait encore dans les limbes de l'Illinois. Personne n'avait jamais trouvé la solution de cette équation démente : où caser les deux cent vingt-cinq gigantesques nacelles de l'immeuble.

C'était ainsi que nous vivions. Déplacés et livrés par paquets de dix ou de trente. Colis dimensionnés, calibrés, nous suivions des trajets optimisés, où le temps et l'espace nous étaient comptés de manière différenciée selon que nous étions puissants ou corvéables. Car dans ces tours il existait, comme dans la vie d'en bas, un monde à deux vitesses, bâti d'après les codes ancestraux des rites aristocratiques. L'employé usait de plates-formes communes, sortes d'omnibus, s'arrêtant au gré des requêtes individuelles, à condition de posséder les sésames requis. Quant aux maîtres vivant dans le sommet de leurs tours, ils possédaient, pour leur usage exclusif, des navettes express qui menaient directement au ciel leurs précieuses personnes.

Ces ascenseurs-là n'étaient jamais inclus dans les tables de calcul des attentes moyennes et des temps de transport. Ils étaient là, et ils n'y étaient pas.

Je refermai mes notes et regardai la nuit. J'avais la tête vide et le corps fatigué. Par moments, en moi, une petite voix murmurait qu'après avoir détruit une grande partie de ma vie, les ascenseurs m'entraînaient chaque jour un peu plus vers le fond de l'abîme. Mais je n'arrivais jamais à savoir qui parlait. Il était une heure du matin. Je pensai à la montre de Marie, la montre de maman.

SEPT

Je ne dormais pas. Je revoyais la femme que j'avais rencontrée chez Bréguet. C'était la première personne qui, depuis mon accident, éveillait en moi une sorte d'élan vital. Plutôt que d'écouter Bréguet célébrer mon aura canine ou de m'assimiler moi-même, devant elle, à une olive au fond d'un verre de Martini, j'aurais aimé passer un peu de temps en sa compagnie et lui parler de l'inframonde des ascenseurs. Non pour tenter de briller ou de vaine-ment la séduire – il existait d'autres terrains bien plus propices en ce domaine –, mais simplement pour savoir si une femme comme elle, dont la beauté me rendait une part d'humanité, pouvait accepter l'idée qu'un ascenseur était bien plus qu'un moyen de transport. Je lui aurais dit que cette petite cage était un microcosme qui reproduisait les règles et les privilèges sociaux. Que l'on n'imaginait pas le rôle capital que tenaient ces machines dans nos vies, ni la sophistication des études qui présidaient à leur installation. Trop d'équipement, un excès de cabines, coûtait une fortune et ne servait à rien. Une sous-évaluation des besoins pouvait en revanche conduire au désastre, rendre la vie d'une tour impossible, ruiner sa réputation et sa valeur. J'aurais tenté de lui faire ressentir que le point d'accord se trouvait toujours, comme sur un violon, entre le niveau maximal de tension de la corde et son seuil de rupture, dans la zone grisée des graphiques.

Était-ce bien raisonnable d'attirer l'attention de cette femme sur la course des Schindler et des Kone ? De lui parler de Stirling Moss ? D'*Elevator World* ? De John J. Fruin ou de Wright ? Bien sûr que non. Cela n'avait aucun sens. Je la voyais d'ici se lever, enfiler son manteau avec grâce, glisser ses bras dans la doublure moirée, nouer avec désinvolture sa ceinture autour de la taille et me planter là en disant : « Il faut que je me sauve. » J'aurais compris sa fuite. Elle aurait été tout à fait légitime. Mais moi, je devais continuer à chercher.

Ce matin-là, je ne travaillais pas. En raison du concours du lendemain, Charistéas m'avait laissé ma journée « pour me préparer ». Comment diable aurais-je pu me préparer à une ânerie pareille ? « Regardez la cassette, mémorisez bien tous les conseils, les gestes indispensables », avait-il ajouté. Je m'en voulais profondément d'avoir accepté un tel rôle. Le concessionnaire m'avait parfaitement enjôlé. Au point que j'en arrivais même à me demander s'il n'avait pas sollicité la présence de cette femme splendide pour mettre un peu de moelleux et de charme dans son argumentaire. J'étais surpris qu'il n'ait pas profité de la circonstance pour me faire signer, sur un coin de table, un bon de commande pour une Chevrolet Impala « full loaded ». Il était cependant injuste de ma part de m'en prendre à Bréguet. J'étais le seul coupable dans cette affaire. Comme d'habitude, j'avais accepté de tenir un rôle que toutes les fibres de mon corps, liguées entre elles, m'exhortaient à décliner. Vers onze heures, je reçus un appel de Wagner-Leblond qui m'invitait à me promener en sa compagnie au jardin botanique. Sa proposition me fit un extrême plaisir et nous décidâmes de nous retrouver à la maison. C'est avec le plus grand soin que je vérifiais que le système d'alarme était déconnecté, puis, avec cette nervosité qui accompagne toujours les premiers rendez-vous, j'attendis mon invité.

– Je vous ai apporté une petite chose. Un bonsaï beni-shitan, aussi appelé cotonéaster. C'est une espèce qui pousse dans l'ouest de la Chine. Il est robuste, résiste au froid et se taille facilement.

Wagner-Leblond tenait l'arbuste entre ses mains, le présentant comme une offrande avec cette gestuelle tout en retenue caractéristique des Asiatiques, auxquels, un jour ou l'autre, il finirait bien par ressembler.

– Votre maison est très claire, fort agréable. Et puis vous habitez littéralement dans le parc Maisonneuve, à deux pas du jardin.

Nous empruntâmes la rue Viau pour rejoindre les kiosques chinois enneigés et les ponts japonais, que nous traversâmes comme des promeneurs qui auraient eu toute la vie devant eux. Mais Wagner-Leblond se chargea vite de dissiper cette illusion lorsque nous approchâmes de l'« Étoile de la longévité » : « Ce symbole nous rappelle qu'il ne nous est pas interdit d'espérer, mais que nous devons toujours garder à l'esprit qu'une divinité, quelque part, peut à chaque instant décider de notre vie et de notre mort. »

Je n'aimais pas entendre ce genre de chose. Depuis mon accident, ces considérations fatalistes et funèbres éveillaient chez moi des visions de viande et d'os, de fracas et de sang, de chagrin et de terreur qui, la nuit, me privaient de sommeil et, le jour, me hantaient. Comme s'il percevait mon frisson intime, Wagner-Leblond s'empressa d'ajouter : « Mais tout cela est terriblement vieux jeu, sinistre et assommant. Dites-moi plutôt, si cela n'est pas indiscret, ce que vous faites de vos journées. »

Sans doute parce que je me sentais en confiance avec cet homme, je lui avouai tout en une logorrhée maniaque, les chiens, l'eczéma, 10 personnes / 30 étages / 9,5 stops, et même le concours du lendemain.

— Vous promenez des chiens ? Et ils provoquent chez vous des réactions allergiques ! Écoutez, c'est extraordinaire. Vous pourriez être à la tête d'une petite fortune, à l'issue d'un procès ou d'une issue négociée, et vous promenez des chiens. Mais pourquoi faites-vous ça ?

C'était bien là la question. Trouver la réponse, c'était mon travail de nuit, qui consistait à redescendre au fond du puits et à chercher à tâtons dans le noir une chose que je savais être là, terrifiante, mais dont je n'avais pas la moindre idée.

— Et ce concours. C'est… disons… singulier au plus haut point. Par surcroît, cela vous ressemble fort peu.

— Et vous ne savez pas tout. Pour calmer une

petite agoraphobie, qui s'est manifestée après l'accident, le propriétaire du chien, un psychanalyste, me prépare un cocktail médicamenteux devant, a-t-il promis, me faire marcher sur l'eau.

C'était la première fois que je voyais rire Wagner-Leblond. Toujours sur le mode de la retenue. Lèvres pincées, discret tressautement d'épaules et léger sifflement bronchique, tels étaient chez lui les signes d'une profonde hilarité.

– Ah, les psychanalystes ! Savez-vous que l'un de mes voisins pratique ce boniment ? Il appartient à une école fantaisiste dont j'ai oublié le nom. Eh bien, figurez-vous qu'il amène régulièrement ses patients à la piscine pour qu'ils « se mettent en phase, m'a-t-il expliqué, avec leur période amniotique ». Il les équipe de flotteurs et les laisse tremper comme cela dans le grand bain. Et pendant que ces pauvres gens régressent dans le chlore, savez-vous ce que fait notre ami ? Des longueurs. Il enchaîne des longueurs de bassin.

Wagner-Leblond aimait rire. Mais il était évident que personne ne lui avait appris les règles de ce jeu. Au lieu de jouir pleinement de cette sensation, on le sentait incapable d'ôter le corset des bienséances, de sorte qu'il se déridait ainsi qu'il s'exprimait, comme si une espèce de frein réglé trop juste régulait sans cesse son expressivité.

Du « Kiosque de l'ombre verte » au « Pavillon où se figent les nuages empourprés » en passant par la « Cour du printemps », d'ailleurs passablement enneigée, nous traversâmes le jardin, parlant de toutes ces choses inutiles qui constituaient l'armature fragile de ma vie actuelle. Sans avoir jamais vendu de Buick ou d'Oldsmobile, Wagner-Leblond se révéla malgré tout un auditeur remarquable, sachant garder le silence pour ne pas froisser la fibre de l'histoire ou, au contraire, ajuster une remarque stimulante pour encourager la progression de la trame. Le plaisir était tel que le froid devint très vite un facteur négligeable. Je n'imaginais pas plaider un jour contre cet homme.

Sur le chemin du retour, alors que, cette fois, nous coupions à travers le parc, Wagner-Leblond me posa la question inévitable.

– Avez-vous arrêté vos intentions en ce qui concerne notre affaire ?

– Je crois. Les choses me semblent désormais plus claires.

– C'est-à-dire ?

– Pas de procès. Un arrangement me paraît préférable. Je souhaiterais que nous négocions un accord.

Wagner-Leblond eut, cette fois, le plus grand mal à réprimer un mouvement de surprise. Il remonta son col, lissa les rabats de ses poches et me regarda droit dans les yeux.

– Je vais vous dire une chose que ma position dans cette affaire et ma situation vis-à-vis de vous devraient pourtant m'interdire : je pense qu'en faisant ce choix vous allez à l'encontre de vos intérêts.

– Pour quelle raison ?

– Avant de vous répondre, et quoi qu'il arrive par la suite, il faut que vous et moi convenions d'un point : cette conversation n'a jamais eu lieu.

– C'est évident.

– Dans un dossier comme le vôtre, je suis à peu près convaincu qu'en raison du préjudice que vous avez subi, du décès de votre fille et de vos blessures, un tribunal se montrera beaucoup plus généreux qu'un quarteron d'actionnaires, lequel, à travers moi, arguant de la dilution des responsabilités, vous proposera un accord sans commune mesure avec le *pretium doloris* que vous obtiendriez lors d'un procès. Autre élément à considérer : les actionnaires savent pertinemment que les conséquences médiatiques de cet accident et leur éventuelle condamnation n'auront qu'un impact local. C'est pour toutes ces raisons que leur proposition risque d'être assez faible.

– Je comprends, mais je n'ai pas envie d'aller en justice. Je n'ai pas envie de reparler de toute cette histoire, de revivre tout ce qui s'est passé, ni de plaider contre eux, et encore moins contre vous. Ce qui est fait est fait. Je voudrais clore cette affaire, et le plus vite possible.

– Il y a quand même des expertises en cours. Ils voudront attendre les résultats.

– Dites-leur que je veux un arrangement.

– Ils vont être surpris par votre décision. Et plutôt agréablement, j'en suis certain. Mais ne pensez pas qu'ils se montreront plus généreux pour autant.

– Nous verrons bien.

– Quitte à prêcher une nouvelle fois contre mes intérêts, je vous conseille de réfléchir encore quelques jours.

– Vous êtes quand même un drôle d'avocat.

– Et vous, ce que l'on appelle une victime consentante.

Je raccompagnai Wagner-Leblond jusqu'à sa voiture qu'il avait garée devant la maison. C'était une vieille Saab 900, un modèle qui datait du début des années quatre-vingt-dix avant que la marque suédoise ne soit rachetée par General Motors. « Savez-vous quelle est l'origine du mot Saab ? demanda l'avocat. C'est tout simplement l'acronyme de l'avionneur suédois "Svenska Aeroplan Aktiebolaget". » La rouille perforait avec patience les bas de caisse, grignotait les lèvres des ailes et le contrefort des portières. Çà et là, sur la malle et le capot, des bubons de peinture oxydés laissaient entrevoir l'âme brunie de la tôle.

Anna avait observé toute la scène à travers la fenêtre du salon. Lorsque je rentrai, elle me demanda :

– C'était qui ce type à qui tu parlais ? dit-elle.

– Personne.

Si je lui avais répondu la vérité, elle ne m'aurait jamais cru.

Ma rencontre avec Charles Wagner-Leblond était sans doute la meilleure chose qui me fût arrivée depuis longtemps. Je retrouvais chez cet homme la solidité de caractère que j'avais toujours prêtée à mon père. Tous deux possédaient l'art précieux de me réconcilier avec le monde et, ce qui était beaucoup plus difficile, avec moi-même. Ces chiropracteurs de l'âme savaient pratiquer d'habiles et discrets ajustements, si bien qu'en les quittant on se sentait l'esprit délié, les pensées assouplies, débarrassées des mille et une contractures accumulées dans le silence des jours. Bastiaan et Charles avaient un autre point commun. Ils faisaient partie de ces hommes qui donnent des réponses. C'était devenu rare. Ils n'étaient pas omniscients mais à chaque question ils estimaient de leur devoir d'apporter, au moins, des éléments assez clairs pour que chacun pût ensuite bricoler sa part de vérité. Par exemple, tout à l'heure, dans le jardin, j'avais fait part à Wagner-Leblond de ma perplexité à propos de ces histoires de poissons morts et d'oiseaux tombés du ciel, en Arkansas et en Louisiane. Après avoir réfléchi un instant, le temps pour lui de retrouver et d'extirper le dossier en question de sa mémoire, il avait dit : « Il faut savoir que la plupart de ces oiseaux, comme les carouges à épaulettes et les étourneaux, si mes souvenirs sont exacts, appartiennent à des espèces grégaires qui volent, vivent et dorment en groupe. Il existe, ai-je lu, des colonies de plusieurs millions d'oiseaux. Imaginez maintenant qu'en pleine nuit, sous l'effet de la peur provoquée par une explosion, toute cette troupe s'envole. Leur vue nocturne est déplorable. Ils partent dans tous les sens, se percutent les uns les autres, et c'est l'hécatombe. Quant aux poissons, je verrais plutôt là la marque d'une bactérie ou la conséquence du déversement sauvage d'un produit toxique. » Toujours apporter à l'autre ce qu'il demandait. Le comment d'une explication, fût-elle approximative ou partielle.

Les médecins pratiquaient-ils autrement ? Quand je voyais l'état de mes poignets et de mes bras, j'étais parfois amené à en douter. Certes la cortisone apaisait le mal de façon temporaire, mais les démangeaisons revenaient à heures fixes me rappeler cette étrange allergie que personne ne semblait prendre au sérieux. À commencer par ma femme qui, depuis qu'elle se savait à l'abri de la contagion, ne me posait plus la moindre question sur une éventuelle progression des plaques.

Demain serait une journée importante pour Jean Bréguet. En repensant à ses promesses de cocktail lénifiant, je fus pris d'un doute en songeant qu'il n'avait, en réalité, aucune qualification pharmacologique pour doser les tranquillisants qu'il voulait m'administrer. Ce type-là n'était après tout qu'un ancien marchand de Buick.

Le soir, je ne travaillai pas, je me couchai de bonne heure. En même temps qu'Anna. Elle avait, un moment, regardé la télévision au lit, avant d'éteindre la lumière. Maintenant, dans le noir, j'entendais le bruit de ses mandibules mastiquer sa barre de gomme, qu'elle allait martyriser jusqu'à ce que le sommeil l'emporte. Ma bouche était vide. Mes mâchoires au repos. Je n'avais rien ni personne à mordre.

Dimanche. Le froid refusait de lâcher prise. Après avoir bu un café, je montai choisir des vêtements pour le concours. Charistéas avait beaucoup insisté sur ce point : la présentation du handler était presque aussi importante que le toilettage et l'aspect de l'animal. Je choisis donc une vieille veste prince-de-galles de couleur brune, une chemise bleu pâle, une cravate unie marron foncé, un pantalon de toile beige clair et des bottines à brides brun foncé. Cet ensemble correspondait sans doute à l'idée qu'un natif du Sud-Ouest pouvait se faire d'un certain chic anglais. Je ne m'étais pas habillé ainsi depuis des lustres. Et je n'avais pas porté de cravate depuis la fin de mon adolescence. Pas même pour l'enterrement de mes parents, celui de Gladys, ni au mariage des frères siamois. Je possédais très peu de vêtements. En revanche, j'accumulais un nombre insensé de chemises – une quarantaine – que je ne portais presque jamais, mais que je rangeais méticuleusement par genre – jean, uni, rayures, carreaux, imprimés –, cette répartition elle-même connaissant une sous-classification par couleur. J'enfilai mon accoutrement dont je ne savais sincèrement que penser et descendis dans la cuisine. Lorsque ma femme me vit dans cette tenue, elle sursauta. Ses yeux éberlués, pareils à des scanners, me parcoururent de haut en bas, et j'eus alors le sentiment que je lui faisais peur.

– C'est toi ?

Seuls des gens comme mon père ou Wagner-Leblond auraient eu assez d'à-propos pour répondre à ce genre de question insane. Je me contentai de reprendre une tasse de café et de regarder passer la vie par la fenêtre.

– Qu'est-ce que tu fais dans cet accoutrement, un dimanche ?

– J'ai un rendez-vous pour mon travail.

– Quel travail ?

– Les chiens.

– Tu promènes les chiens, le dimanche, en veste et cravate, maintenant ? Tu te fous de moi.

– Ce n'est pas vraiment une promenade, plutôt une exhibition.

– Une exhibition. Toi, tu t'exhibes avec des chiens, en cravate et en tweed ? Et où ça ?

– Dans l'est de Montréal.

– Mon pauvre ami, vraiment. Hier je te surprends devant la maison en train de discuter avec une espèce de vieux dealer, dans une bagnole pourrie, et aujourd'hui tu vas sortir des chiens, habillé comme si tu allais jouer au bridge.

– Bon, de toute façon, ça n'a aucune importance, je sors, voilà tout.

– Tu vois quelqu'un ?

– Comment ça, je vois quelqu'un ?

– Tu comprends parfaitement ce que je veux dire.

– J'ai rendez-vous avec un client dont je dois présenter la chienne à un concours de beauté.

– Ça doit être un drôle de client.

– C'est un psychanalyste.

Il était curieux de constater combien quelques menus détails vestimentaires pouvaient soudain bousculer l'ordre du monde. Il en allait de même avec la vérité qui se révélait elle aussi fort embarrassante, pour peu qu'elle s'écartât de nos schémas conventionnels. En conséquence porter une simple cravate faisait de moi un mari adultère. Et avouer sortir la chienne d'un psychanalyste ressortait de l'insupportable provocation.

– Je te préviens, Paul, il va falloir qu'on parle. Il va falloir qu'on parle.

Depuis quelque temps Anna avait pris la manie de répéter ses dernières phrases, pratiquant ainsi une forme d'écholalie singulière. Elle voulait que nous

parlions, clamait-elle, mais le problème était que je n'avais rien à lui dire, ni à lui répondre. Tout au plus pouvais-je l'écouter m'énoncer que tout cela n'était plus possible et ressemblait de moins en moins à une existence normale. Que je ne faisais aucun effort. Que je m'obstinais à vivre avec des cendres, enfermé dans des cabines d'ascenseur. Qu'elle n'en pouvait plus. Que nous devions prendre une décision. Que, quoi qu'il en soit, elle avait une relation, enfin, qu'elle voyait quelqu'un. Qu'elle se faisait tringler, c'est ça, mais vraiment tringler. Que c'était d'ailleurs pour cela que nous mangions du poulet, deux fois par semaine. Et que, justement, elle en avait assez de ces poulets, de ces chiens et de tout le reste. Qu'il fallait divorcer, qu'elle gardait la maison, la voiture et la moitié de mon compte en banque.

Il n'y avait jamais rien à ajouter ni à répondre à cela. Chaque phrase contenait sa part de vérité et d'approximations. Ce genre de conversation survenait toujours le dimanche, quand le travail n'était plus là pour faire diversion et qu'il n'y avait rien d'autre à envisager que de rester à la maison, soudain devenue trop petite pour héberger tant de mémoire rance et de rancœur recuite. Il suffisait alors d'un nœud de cravate, d'une boucle de bottine ou d'un emploi du temps imprévu, pour qu le ciel s'écroule, que les phrases s'envolent et qu la fin il pleuve des aveux dont on connaissait d chaque mot. Les faillites aiment les week-end la vie est pleine de dimanches.

Mes poignets et la base de mon cou me démangeaient. J'avais besoin de ma pommade à la cortisone. Je me demandais de plus en plus souvent si
le dermatologue n'avait pas fait fausse route et si
mon allergie n'était pas provoquée par tout ce qui
vivait, venait et allait dans cette maison encadrée
et cernée de sournoises sirènes toujours prêtes à
mordre. La cortisone pouvait contrecarrer l'hypo-
thétique action du poil des chiens, mais je doutais
que son pouvoir anti-inflammatoire pût jamais calmer les prurits d'une pythie qui la nuit mastiquait
et le jour prédisait ma chute.

Il n'était pourtant pas besoin d'être devin pour
voir que je tombais. Et que cela durait depuis fort
longtemps. J'avais basculé bien avant l'accident, bien
avant même la naissance de cette paire d'abrutis fiscalistes qui me tenaient lieu d'héritiers. Tout avait
commencé le jour où Anna avait refusé de recevoir
Marie. Où elle avait fermé notre porte sans que j'aie
le courage de l'en empêcher. C'est de là que tout était
parti. Je garde précisément en mémoire l'expression
de stupéfaction qui avait figé le visage de mon père
lorsque je lui avais annoncé la nouvelle.

– Et alors ?

Je n'avais rien répondu. Mon silence valait aveu.
Mon père baissa les yeux : il savait désormais que
son fils était un lâche.

Quelqu'un sonna à la porte. C'était le taxi qu'avait
commandé Bréguet. Je pris mes affaires et suivis
le chauffeur qui, bien que ce ne soit pas l'usage,
m'ouvrit la portière arrière. Je savais qu'Anna était
derrière la fenêtre. Je la devinais à la fois incré-

dule et furieuse, mais aussi moins sûre d'elle qu'il n'y paraissait.

Aussitôt qu'il aperçut la voiture, Bréguet sortit devant sa porte pour m'accueillir, malgré le froid. Sa fébrilité contrastait avec la placidité de son chien étendu de tout son long sur le tapis du salon. Ses premiers mots à mon endroit furent : « Vous êtes splendide. » Et aussitôt après : « C'est le grand jour. » Me désignant la chienne, il ajouta : « Le toiletteur sort à l'instant. » Il flottait dans l'air une odeur de déodorant vaguement écœurante où se mêlaient des senteurs de vanille industrielle et de framboise synthétique.

– Vous avez mon sédatif ?

– Tout est là. Il est prêt. Ne vous faites aucun souci.

– C'est vous qui l'avez préparé ?

– Non, non, pas du tout. C'est un de mes amis qui est anesthésiste à l'hôpital Sainte-Justine. Je lui ai décrit votre cas, et c'est lui qui a établi l'ordonnance et surveillé le mélange et le dosage.

– Qu'est-ce qu'il y a dedans ?

– Je serais bien incapable de vous le dire. Ce qui est impératif en revanche, c'est que vous avaliez le contenu de la fiole une demi-heure avant d'entrer dans la salle où vous serez confronté à la présence des spectateurs. Comme les femelles sont présentées en dernier, cela nous laisse encore une bonne heure.

– Je peux faire confiance à votre ami ?

– Vous pouvez être tranquille. Il passe sa vie à endormir des gens.

– C'est bien ce qui m'inquiète.

À l'heure convenue, je bus ma potion d'une traite, ciguë laiteuse, sucrée et teintée d'une légère amertume, qui laissait en bouche un arrière-goût d'aspartame.

Bréguet conduisait son 4 × 4 Lexus hybride dont il ne cessait de me vanter les mérites :

– Le mode de propulsion optimal est calculé en permanence. Vous passez comme ça du thermique à l'électrique et inversement. Imaginez qu'en plus ce véhicule récupère l'énergie cinétique perdue à chaque freinage pour la convertir en électricité.

C'était l'ancien concessionnaire qui parlait, avec cette fluidité caractéristique dans l'exposé de l'argumentaire pour cacher l'angoisse du psychanalyste qui attendait cette journée depuis fort longtemps. Quant au chien, il était allongé sur sa couverture étalée sur le cuir beige des sièges arrière, reniflant avec distraction l'accoudoir de la porte qui ne sentait rien, sauf peut-être le neuf.

Le concours se déroulait dans une sorte de grande halle, réaménagée pour la circonstance. On avait ainsi suspendu un peu partout les panneaux publicitaires des fabricants de nourriture animale qui sponsorisaient la manifestation. L'estrade, le ring, ressemblait à un promenoir de bois. Il cheminait entre les sièges des spectateurs, pour aller mourir face à la table des juges suprêmes chargés de séparer le bon grain de l'ivraie avant de procéder au sacre.

Tout autour de ce dispositif, des dizaines de stands proposaient toutes sortes d'accessoires et de jouets pour chiens. Des vêtements, des lunettes, des dentifrices en bâton, des parfums, des colliers antiaboiements, des clôtures électroniques, des livres de conseils sur le dressage, l'élevage et le toilettage. J'imaginais que les gens qui se pressaient ici devaient aussi fréquenter les compétitions de patinage artistique, de danse rythmique ou de natation synchronisée où les concurrentes respirent par les pieds. Pour moi, le spectacle de toutes ces disciplines est en soi une souffrance, un châtiment que l'on ne devrait infliger qu'à des délinquants multirécidivistes.

Des chiens de toutes races, poudrés et coiffés à la façon de petits marquis, allaient et venaient au bras de leur maître, comme à un bal du gouverneur général. Les handlers, arborant des airs de conspirateurs, s'entretenaient à voix basse avec les propriétaires des animaux engagés dans l'épreuve. Quant à moi, je traversais ce tumulte avec une aisance surprenante et une décontraction totale. J'avais le sentiment d'avancer sur un tapis roulant, la chienne à mes côtés, tandis que le psychanalyste nous suivait quelques pas en arrière, occupé à compléter les formulaires réclamés par les organisateurs. La potion remplissait sa fonction à merveille.

Tandis que le concours des mâles commençait, je m'installai un peu en retrait sur les gradins, en compagnie de Charlie. La chienne fit deux tours sur elle-même, s'allongea, posa sa gueule sur mon pied et ferma les yeux. J'avais envie de suivre le déroulement de l'épreuve, d'observer la gestuelle et les comportements des handlers les plus aguerris, mais une douce langueur m'envahit, je sentis l'entier de mes muscles se relâcher, mes paupières devenir aussi lourdes que ma tête et, en quelques

173

secondes, sans même que j'aie eu le temps d'éprouver la tentation de résister, je m'endormis.

Un sommeil superbe, d'une exceptionnelle densité, opaque, noir comme de l'encre.

Quand Bréguet me réveilla, il paraissait affolé. Je le regardai, hébété. Je notai un certain décalage entre le moment où les mots sortaient de sa bouche et celui où ils me parvenaient. En outre le timbre de sa voix avait changé. Plus grave et presque flasque. Un peu comme lorsqu'on ralentit le défilement d'une bande magnétique. Je reconnaissais Bréguet, mais je n'avais aucune idée de ce que cet homme attendait de moi, ni pourquoi il me secouait ainsi par le bras. Puis, lentement, de la même manière que la neige retombe dans une boule de verre, mes pensées se remirent dans l'ordre, pas forcément chronologique, et je me souvins de l'endroit où nous nous trouvions, à défaut de ce que nous étions censé y faire.

— Réveillez-vous, bon sang ! Monsieur Sneijder, ça va être à nous ! Monsieur Sneijder !

Il ne faisait aucun doute que j'étais Sneijder. Paul Sneijder. Je me demandais en revanche pourquoi Bréguet s'acharnait ainsi sur moi.

— Monsieur Sneijder, je vous en supplie, réveillez-vous, on va nous appeler dans cinq minutes.

Affichant toujours le même sourire innocent, je fis un effort démesuré pour redresser ma tête, mon buste, et offrir une posture un peu plus dynamique à mon interlocuteur.

— Ça va mieux ? Vous vous sentez bien ?

À mes côtés, un chien blanc avait posé son

museau sur ma cuisse. Je le considérai comme un nouvel ami. Son regard noir évoqua vaguement quelque chose en moi. Je me voyais à genoux dans la neige, l'animal auprès de moi. C'est alors que le monde reprit peu à peu sa place, écartant doucement le drap de ma léthargie. Dans les brumes du sédatif, Charlie, sereine, apparut.

— Buvez un peu d'eau et levez-vous. Par pitié, secouez-vous.

J'obéis à Bréguet, me levai avec difficulté et portai à ma bouche la bouteille d'eau minérale qu'il me tendait. Mais j'appréciai mal la distance séparant le goulot de mes lèvres, si bien que le liquide se déversa lentement sur le bas de mon pantalon et mes chaussures.

— Enfin, faites attention ! Regardez ce que vous avez fait !

La chienne lécha la petite flaque d'eau et son maître, désespéré, lui essuya aussitôt les babines.

Cela faisait une éternité que je ne m'étais pas senti aussi bien, aussi détendu, détaché des choses comme des êtres, présent au monde, mais surtout flottant à sa surface. Je souriais en permanence parce que c'était l'attitude qui me semblait la plus naturelle, la plus appropriée. Je n'éprouvais aucun sentiment majeur. Tout se valait ou ne valait rien. Ma mémoire était un vieil accessoire dont j'avais oublié jusqu'à la raison d'être.

Bréguet me fit descendre des gradins et m'amena au pied du promenoir. Il brossa la chienne une dernière fois, mit sa laisse dans ma main, et dit :

— Dès que vous entendez qu'on annonce Char-

175

lie, vous montez sur le ring et vous faites pour le mieux. Je vous en supplie, secouez-vous !

Je fis un sourire à Charlie et j'eus la conviction qu'elle me le rendait. Je ne sais pourquoi mais à cet instant-là, du fond de mes tranquillisants, j'éprouvais de l'affection pour cette chienne. Je partageais avec elle bien des choses qui ne se disaient pas. Au moment de nous lancer dans une entreprise qui nous indifférait au plus haut point, nous partagions ce même regard insistant sur ceux qui nous entouraient. Essayant de comprendre ce qui se passait à l'intérieur de leurs têtes, nous nous posions la seule question qui vaille : « Comment ça marche ? »

– C'est à vous, allez-y !

C'est Charlie qui fit le premier pas et je la suivis. Autour de nous bruissait le monde et, tout au bout de l'interminable ponton de bois, je devinais les silhouettes omnipotentes d'un jury minuscule. Au bout de quelques mètres, Charlie leva sa tête vers moi comme un chien qui muse. Nous formions un couple en totale complicité. J'avais le sentiment de marcher avec ma chienne, le long du canal du Midi, de me promener tranquillement chez moi, une main dans la poche, sous le soleil qui perçait au travers des platanes. Nous avancions dans les herbes, respirant l'odeur forte des berges. Nous étions dans le sud. Seuls au monde.

Les handlers sont-ils soumis à des contrôles antidopage ? Je ne me posais pas la question. Je charriais dans mon sang tout le miel des opiacés, je n'avais plus peur, les autres avaient tout simplement disparu. Lorsque nous arrivâmes au bout du ring, un juge se leva pour examiner la chienne sous toutes les coutures. Elle se prêta à cet examen avec une élégante indifférence. Avant de sombrer dans ma narcolepsie, sur les gradins, j'avais remarqué qu'à ce stade de l'épreuve tous les handlers présentaient leur bête, laisse tendue, tête haute, leur relevant même la queue de leur main libre. Sans doute aurais-je dû procéder ainsi. Mais, trouvant cette posture ridicule et la queue de Charlie me paraissant hors de portée, à l'autre bout du monde, je me contentai de glisser d'un pied sur l'autre et d'afficher mon sourire vitreux qui respirait l'alcaloïde à plein nez. Attifé de mon tweed élimé, la laisse molle et le chien flegmatique, je devais incarner l'archétype du handler séditieux.

Lorsque le juge eut terminé sa fouille au corps, le chien et moi repartîmes sur le ring avec une égale désinvolture. Et contre toute attente, d'un même élan fort peu conforme à l'étiquette, le public se mit à applaudir. Plus nous avancions, plus la foule nous acclamait. Je n'avais pas la moindre idée de ce que nous avions pu faire pour mériter cela. Je voyais au loin Bréguet qui faisait de grands gestes. Et j'étais là, tout en étant très loin. Et la blanche queue de Charlie allait de droite et de gauche. Et je souriais, serein, tranquille, à une encablure du sommeil. Et je sentais que tout cela serait bientôt fini, qu'un autre monde fait de cendres froides et d'ascenseurs glacés allait prendre la place de celui-ci. Et plus personne n'acclamerait personne.

Pendant que le jury délibérait, j'entendais la

voix de Bréguet vrombir à mes oreilles. Pareilles à d'insaisissables truites, ses mains dessinaient dans l'air d'imprévisibles trajectoires. Oublieux de ce qui se jouait, je dus m'assoupir un instant. Ce furent cette fois les cris de joie de Bréguet qui me réveillèrent. Il hurlait : « Je le savais. Je vous l'avais dit, je le savais ! » Il me poussa sur l'estrade avec la chienne pour que nous allions, sous les vivats, chercher notre prix, le premier. Ce n'était pas une coupe. Ni une verrerie. Pas non plus à proprement parler un vase. Mais cela pouvait s'en rapprocher. Ce que l'on me remit était une chose dorée, à mi-chemin de l'écuelle et du saladier, avec pompeusement gravé sur l'embase : « Grand prix de Montréal ». En état de transe, métamorphosé par le bonheur, Bréguet serrait des mains en répétant à qui voulait l'entendre : « C'est moi le propriétaire du chien, c'est moi qui l'ai élevé. » J'étais remonté dans les gradins avec Charlie et, assis côte à côte, nous attendions notre maître. J'essayai bien de sourire le plus longtemps possible, mais, de nouveau, le sommeil se chargea de lisser mon visage.

Je fus réveillé par Bréguet. Il m'embrassait. Ses lèvres se posaient sur mes joues et il poussait de petits cris de cowboy. Le psychanalyste était devenu fou. Fou de joie. Dans la Lexus qui me ramenait chez moi, je l'entendais soliloquer dans le lointain.

– Vous avez été formidable, Paul. For-mi-dable. Classe, allure, décontraction. Et la chienne, sublime. On aurait dit une reine. Dès que vous avez commencé à avancer, j'ai su que c'était gagné. Vous, moi et ce chien, je peux vous certifier qu'on va

178

aller loin. On va tout rafler. Dans trois mois, c'est le grand tournoi de Toronto. On y va et on casse tout. Maintenant je peux vous l'avouer, vous m'avez fait une sacrée peur quand je vous ai vu dans le cirage à cinq minutes de l'appel. Je vais dire à mon copain qu'il a un peu trop forcé la dose. Pour la prochaine fois, on réduira. Bon sang que je suis bien ! Ça fait des années que je ne me suis pas senti aussi bien !

Il gara la voiture devant chez moi et me raccompagna jusque devant le porche. Je titubais de sommeil. Anna qui avait dû nous apercevoir ouvrit la porte. Voyant que je restais muet avec cet éternel sourire vissé sur les lèvres, Bréguet se présenta rapidement :

— Je vous ramène votre mari. Il a été absolument fabuleux. Et nous avons gagné.

— Vous avez gagné quoi ?

— Le premier prix. La coupe du grand prix de Montréal.

— Vous êtes éleveur ?

— Pas du tout, je suis psychanalyste.

J'étais bien. Malgré les opiacés j'étais encore assez lucide pour me rendre compte que ma femme perdait pied. Je voyais la chienne qui me regardait par la vitre de la voiture. Elle semblait dire : « Va vite dormir, tu as l'air crevé. » Je serrai la main de Bréguet et, avec mon éternel sourire, sans mot dire, je montai à l'étage. Le bureau était tel que je l'avais laissé. Ma vie m'attendait. Je m'allongeai sur le lit et m'endormis tout habillé.

HUIT

Depuis la transfiguration de l'akita et mon triomphe au concours canin, Charistéas me faisait une place de choix dans son panthéon personnel, m'installant au cœur de son mausolée entre Pierre de Fermat et monseigneur Makarios. Trois semaines s'étaient déjà écoulées depuis ces événements sans que soit démentie pour autant l'admiration que me portait mon employeur. Pas plus que ne s'atténuait sa manie dévorante de tripoter les chiffres.

– Paul, j'en ai isolé un autre, hier soir : 211. Venez voir : 211 multiplié par 112 égale 23 632. Et vous avez remarqué ? Comme dans le précédent, 2 216 122, toujours le chiffre 6 au milieu, en guise de charnière.

– Tenez, dis-je, j'ai quelque chose pour vous. C'est une note de Fermat. Vous saviez qu'il était né et mort à deux pas de chez moi ?

Je lui tendis un texte que j'avais recopié quelques jours auparavant. Je ne comprenais pas vraiment ce que pouvait bien signifier cette proposition mais je pensais amuser le Chypriote en lui destinant ce modeste écrit :

« *Si un nombre premier pris à discrétion, qui surpasse de l'unité un multiple de 4, n'est point composé de deux quarrés, il y aura un nombre premier de même nature, moindre que le donné, et ensuite un troisième encore moindre, etc. en descendant à l'infini jusques à ce que vous arriviez au nombre 5, qui est le moindre de tous ceux de cette nature, lequel il s'ensuivroit n'être pas composé de deux quarrés, ce qu'il est pourtant. D'où on doit inférer, par la déduction à l'impossible, que tous ceux de cette nature sont par conséquent composés de deux quarrés.* »

Charistéas prit son temps pour lire et relire ce passage où il était question de nombres saisis à « discrétion », trébucha à deux ou trois reprises sur « quarré » et « s'ensuivroit » puis s'adressa à moi avec un grand respect comme si j'étais l'auteur de cette hypothèse. « Je suis très touché que vous ayez pris le temps de noter ça pour moi. Je vous en suis reconnaissant. » Il fourra la feuille dans sa poche et ajouta aussitôt :

— Vous savez que Bréguet m'appelle tous les jours. Il veut vous voir pour préparer le concours de Toronto. Il est là-dedans à deux cents pour cent.

— Je n'irai pas à Toronto. Je ne participerai plus à aucun concours.

— Réfléchissez, Paul. Vous faites peut-être une grosse bêtise.

Mon rendez-vous avec Wagner-Leblond, en fin d'après-midi, risquait bien d'officialiser une autre bêtise dont je n'imaginais pas à quel point elle serait dévastatrice.

Pour l'heure j'avais deux chiens à conduire chez le vétérinaire. Pour des opérations similaires : deux castrations. Je détestais faire monter dans la camionnette de jeunes mâles innocents, confiants, exubérants de vie, pour ce genre d'intervention. J'éprouvais à chaque fois le sentiment de commettre une mauvaise action. Mais les règles de la vie urbaine étaient claires : ramasser et castrer. Et castrer pour ne pas trop ramasser.

La secrétaire établit la fiche d'entrée de chaque animal.

– On est bien d'accord, dit-elle. Pour le premier, il y a juste le geste chirurgical et pour celui-ci on rajoute des prothèses.

– Comment ça des prothèses ?

– C'est écrit ici : prévoir des « Neuticles ».

– Qu'est-ce que c'est des « Neuticles » ?

La secrétaire sembla légèrement agacée par ma question, fouilla dans un tiroir et me tendit une petite boîte sur laquelle était inscrit : « Neuticles : Looking the same, Feeling the same. » À l'intérieur, deux testicules blancs en composite attendaient de prendre place dans leur nouveau logement. Je remis ces substituts à leur place et adressai une dernière caresse à leur futur récipiendaire.

– Vous les reprenez demain en fin de matinée ?

– Le texte de Fermat que vous avez copié pour moi, ça m'a beaucoup touché, vous savez. Je voulais que vous le sachiez.

182

Au moment où je partais à mon rendez-vous avec Wagner-Leblond, Charistéas m'avait rattrapé sur le parking. Juste pour me dire cela, m'avouer que le sabir de cet homme né à Beaumont-de-Lomagne, mort à Castres, et qui guerroya sa vie durant contre Descartes et ses travaux d'optique, lui avait fait du bien, sans qu'il puisse expliquer pourquoi, tout comme l'apaisait sa mystérieuse chirurgie des nombres.

J'arrivai dans les bureaux de Wagner-Leblond avec un peu de retard. Face à ses collaborateurs, il me reçut comme un client ordinaire, plein de protocolaires égards professionnels, mais sans cette amicale complicité qui avait jusque-là présidé à nos rencontres. Sitôt la porte de son isoloir refermée, il redevint l'homme des arbres et des jardins, l'imprévisible « vieux dealer » qui effrayait ma femme.

— Vous savez que je n'ai encore rien annoncé de votre décision à Woodcock et Libralift. Les expertises nous seront remises dans un tel retard qu'en réalité rien ne pressait. Mais à présent les échéances sont fixées, et je pense que d'ici quinze jours je vais devoir parler à mes clients. Avez-vous changé d'avis, révisé votre position ?

— Non. Toujours pas de procès. Je veux que nous passions un accord.

— Vous savez ce que je pense d'un tel choix.

— Vous avez été très clair.

— Je transmettrai donc. Auparavant je me dois de vous faire part d'un dernier élément non négligeable : dans ce type de procédure, une fois l'aspect purement juridique réglé, et lorsque les deux par-

183

ties s'accordent sur le principe d'un agrément, ce que vous semblez souhaiter, je me retire du dossier et c'est un négociateur de la compagnie qui devient l'interlocuteur. À partir de ce moment-là, nous n'aurons plus aucun contact et je ne pourrai ni vous aider ni vous conseiller d'aucune manière. Pour être tout à fait complet, je vous avouerai que les négociateurs ne sont pas tous des bêtes féroces, l'inhumanité est cependant l'une des qualités princeps qui président à leur recrutement.

Jusqu'au bout, Wagner-Leblond restait fidèle à sa ligne de conduite, plaidant contre les intérêts de ses clients et les siens propres, s'obstinant à tirer de l'eau un nageur qui n'aspirait qu'à se noyer.

– Comment se porte le Beni-Shitan ?

– Il a l'air de prospérer. Je l'ai placé près de la baie vitrée. Il paraît s'y plaire.

– Savez-vous que les premiers bonsaïs, qui s'appelaient alors des penjings, sont apparus deux siècles avant notre ère ? Ils ont été plantés en Chine sous la dynastie des Han. Ce n'est que huit siècles plus tard que des moines les importèrent au Japon. Et depuis une dizaine d'années, nous, Canadiens avisés, les admirons dans les salles d'attente de nos rhumatologues. *Horresco referens.*

– Ce qui veut dire ?

– *Je frémis en le racontant.* Virgile. *L'Énéide.*

Tel était Wagner-Leblond. Légèrement pédant et délicieux, capable en quelques phrases de glisser de manière imperceptible des mœurs transactionnelles de vils ascensoristes vers les temps anciens des Han et des Tang, avant de sortir de scène sur une saillie de Publius Vergilius Maro. Ce n'était sans doute pas grand-chose, mais, moi, dont le fait de gloire avait été de composer une musique d'attente téléphonique pour la défunte entreprise nationale des Postes et Télécommunications, cet *Horresco referens* me faisait frémir rien qu'à l'écouter.

— Vous passez toujours vos nuits sur vos monographies ?

— Toujours.

— Et alors ?

— J'apprends des choses. Sur la technique, la sociologie, l'architecture, la psychologie.

— Pour un esprit curieux, étudier les ascenseurs, je veux dire examiner réellement l'outil et ses conséquences, équivaut à tirer sur un fil interminable et à dévider l'histoire de notre petit monde. C'est ce que vous êtes en train de faire. Il s'agit d'une expérience sans fin qui va vous amener à comprendre les lois de l'économie, à découvrir la permanence des privilèges, des classes sociales, la fulgurance des sciences et des techniques, et, comme vous l'avez mentionné, les imbrications de la sociologie, de la psychologie et de l'architecture. Tout est là, devant vous, chaque page est un nouveau chapitre de ce grand livre des ruses, des mensonges et des leurres. Vous voulez que je vous raconte une histoire ? Depuis 1990, les boutons censés les commander n'ont plus aucun effet sur la fermeture et l'ouverture de leurs portes. Absolument plus aucun. Et pourtant toutes les cabines, même les plus modernes, continuent à être fabriquées avec cet accessoire. On a même conservé le petit éclairage à l'intérieur de ce bouton. Et vous savez pourquoi ? Parce que les psychologues, justement, se sont aperçus que les ascenseurs ainsi automatisés accroissaient l'inquiétude à l'intérieur de leur cabine, close, étroite, et par essence anxiogène. Chacun, ont-ils noté, se sentait privé de décider de quelque chose par lui-même, et surtout de commander à la machine. Alors on a laissé le petit bouton. Mais il n'y a rien derrière. Les portes s'ouvrent et se ferment selon des programmes informatiques préétablis. Aveugles aux mouvements nerveux de nos index. Parfois il arrive que le hasard synchronise notre geste avec l'impulsion électronique. Alors se produit un petit miracle, les portes se ferment et nous sommes intimement convaincus d'avoir dirigé, dominé la machinerie. Et notre foi en notre liberté, en notre pouvoir, s'en trouve d'autant renforcée. *Libido imperandi*, puisque le latin vous amuse. *Le désir de commander*. Maintenant posons-nous la question : que faisons-nous d'autre tout au long de notre existence sinon appuyer avec solennité et d'un doigt impérieux sur une infinité de boutons censés nous obéir, alors que, pareils à de candides enfants, nous ne martelons que de factices interrupteurs ? Mais comme pour les ascenseurs, le hasard synchronise quelquefois nos désirs avec les symboles de cette armada de leurres. Les portes s'ouvrent et le miracle opère. Le temps de la montée, nous tombons amoureux, nous croyons en des dieux aux vertus familiales, aux vœux éternels, et même aux garanties décennales. Les ascenseurs et nos vies ont en commun ce péché originel, ce petit mensonge, éclairé de nuit comme de jour, sur lequel repose un énorme pacte de confiance. Depuis que j'ai appris ce détail, depuis que je sais que derrière la lumière il n'y a que l'obscurité et la profondeur des ténèbres, je rajoute toujours la même annotation, à la main, sur les expertises qui me sont remises après un accident : « Défaut de fonctionnement du contacteur d'ouverture et de fermeture des portes. »

C'est ainsi que Wagner-Leblond m'enseignait l'usage du monde. En me livrant des secrets de famille et de fabrication. Dans cette pièce close, étanche au bruit, à l'abri de l'effervescence, je me consumais lentement, brûlant d'apprendre et de comprendre.

Durant ces conversations, mes troubles eczémateux disparaissaient. Certes, les plaques étaient là, rougeâtres, la peau irritée, mais je n'éprouvais plus aucune démangeaison, aucun désir de me gratter. Les paroles de mon hôte agissaient comme un baume antalgique avec une efficacité bien supérieure à celle de la cortisone.

De retour à la maison, j'eus une brève conversation avec Anna au sujet de sa voiture dont la transmission donnait, semblait-il, des signes d'usure. Nous n'échangeâmes que des propos sans conséquences, d'une grande banalité, et pourtant, en montant à mon bureau, je constatai que je recommençais à me gratter. Mes poignets et la base de mon cou étaient de nouveau en feu.

Je dînai rapidement et remontai à l'étage rejoindre ma fille. J'aurais aimé ouvrir le grand livre de

187

leurres et lui raconter l'histoire du bouton fantôme et des glorieux testicules chimériques de Neuticles qui, par-delà l'ablation, promettaient à l'animal de « paraître toujours le même, de se sentir toujours le même ». Après tout, ces glandes de résine n'étaient qu'une variante urologique de l'« implantologie » mise au point par Per Invar Branemärk.

Après avoir déposé l'urne au centre du bureau, j'ouvris un dossier que m'avait confié Wagner-Leblond avant que nous nous séparions. « Ce ne sont que des coupures de presse, avait-il précisé. Mais je crois qu'il y en a une ou deux qui devraient vous intéresser. »

Tous ces articles rapportaient des reportages relatifs aux plus hauts immeubles du monde. J'appris ainsi qu'avec ses cinq cent huit mètres, la tour Taipei 101, à Taïwan, avait été jusqu'à il y a peu le bâtiment le plus haut de cette terre. Elle était irriguée par cinquante-cinq ascenseurs pourvus de cabines pressurisées pour que les passagers puissent supporter une vitesse de cinquante-cinq pieds par seconde. On grimpait ou dévalait les quatre-vingt-neuf étages de la tour en vingt-sept secondes. Toutes ces performances étaient alignées comme autant de trophées dont on se demandait ce qu'ils couronnaient vraiment. Car la vraie question induite était enfantine : pourquoi monter et descendre d'un immeuble à une telle vitesse ? Cela avait-il le moindre sens ? Nous qui passions notre vie à dilapider notre temps faisions soudain preuve, en la matière, d'une grande avarice. Et qu'avaient donc de si remarquable ces secondes que nous espérions gagner lors de ces ascensions fulgurantes aux coûts vertigineux ?

Une note intéressante en bas de page expliquait que la conception, la mise au point et la réalisation de ces foudroyants mastodontes n'étaient rendues possibles que grâce à une petite poignée d'hommes, une oligarchie, qui, de tour géante en donjon déjanté, parcouraient inlassablement le monde vertical, avec leur logique propre, leurs tables d'algorithmes, leurs lois systémiques et leurs secrets de fabrication. On appelait ces élus les « Cent et plus ». Tout bonnement parce qu'ils étaient les seuls à savoir comment se passaient les choses au-delà du centième étage, comment survivaient les ascenseurs à cette altitude. Ils étaient les consultants, les experts, les analystes suprêmes de ces montagnes artificielles. Guides aguerris, ils avaient pour mission d'ouvrir des voies nouvelles pour que d'autres, ensuite, simples usagers, les empruntent au quotidien avec leur innocence et leurs chaussures de ville. Ces spécialistes, consultés par les architectes et écoutés par les constructeurs, une fois définies la taille et les cadences de rotation des engins, une fois mis en place le meilleur schéma de régulation du trafic humain, repartaient vers les carcasses inanimées d'autres tours qui n'attendaient que leurs nouveaux remontoirs imaginés, dessinés et rangés dans les malles démesurées des « Cent et plus ».

Depuis 2010, la Taipei 101 avait perdu sa suprématie. L'édifice alpha, le mâle dominant, était désormais le Burj Khalifa de Dubaï. Huit cent vingt-huit mètres. Cent soixante étages habitables, plus quarante-six autres alloués à la machinerie et à la maintenance. Un milliard et demi de dollars.

Le marché des ascenseurs avait été remporté par Otis Elevator Company, auquel la Global Tardif avait été pour partie associée. Cinquante-sept cabines dont la plupart à double pont reliaient la base au sommet en moins d'une minute. Une expérience unique, disait le dossier du promoteur. Une immense cabine. Les portes se refermaient en même temps que les lumières s'éteignaient. Au moment du démarrage, de grands écrans plasma disposés des murs au plafond diffusaient des sons et des images de synthèse, au cœur d'une noire atmosphère de discothèque interplanétaire. Le rythme de la musique s'accélérait au fur et à mesure de l'ascension, jusqu'à l'acmé, cent soixante étages plus haut, huit cent vingt-huit mètres au-delà des ténèbres. À de pareilles cimes, les cantates explosaient, les lumières jaillissaient des plafonds, et les écrans, partout, se paraient d'un enfantin « At the top ! ».

Je parcourais d'un œil distrait les fiches sur cet édifice que m'avait confiées Wagner-Leblond, lorsque mon attention fut attirée par un document signalé par un onglet jaune. C'était un article de presse publié dans *Le Figaro* du 11 février 2010, et dont le titre était : « Des touristes coincés à 828 mètres du sol à Dubaï. » La suite du texte me ramena subitement dans une autre vie, aux premiers jours de l'année, quand, pour moi, tout s'était effondré, juste avant que je ne pousse les portes du coma :

« Un mois seulement après son inauguration en grande pompe à Dubaï, la tour la plus haute du monde est déjà fermée au public. Samedi dernier, un ascenseur descendant de la plate-forme d'observation, située au 124e étage du building, est soudainement tombé en panne. Un arrêt brusque puisque les ascenseurs de Burj Khalifa sont les plus rapides du monde et propulsent leurs passagers à la vitesse de 40 km/h, dans une quasi-obscurité. Une explosion et des bruits de verre brisé ont été entendus par les touristes qui se trouvaient sur la plate-forme. L'un des quinze passagers assure que l'ascenseur a commencé à chuter dans le vide avant que les freins d'urgence ne s'activent et ne viennent stopper l'appareil. La soixantaine de visiteurs bloquée au 124e étage n'a reçu aucune explication de la part des agents de sécurité présents lors de l'incident. »

Lorsque j'ai regardé ma montre, il était deux heures du matin. J'ignorais combien de temps j'étais resté prostré devant ce document. Il rendait compte d'un accident, somme toute banal, mais dont les circonstances me rappelaient, jusque dans le détail, celui qui avait détruit ma vie. L'explosion précédant la chute dans le vide et la morsure des freins qui, cette fois-là, avaient tenu le choc.

C'est alors, dans le désordre des sentiments, que je conçus pour la première fois le projet de me rendre à Dubaï et de monter au sommet de la Burj Khalifa. J'étais incapable d'en donner les raisons, sinon que je savais que je devais le faire. Je refermai le dossier et repliai son petit onglet jaune. Je me sentais fatigué, empli d'une triste lassitude. J'avais l'impression de peser de tout mon poids sur cette terre. De devoir tout recommencer, depuis toujours.

Cette nuit-là, avant de dormir, je n'eus la force d'accomplir qu'un seul geste : prendre l'urne dans laquelle était conservé tout ce qui restait de Marie et la serrer très fort contre moi.

Dubaï était à l'autre bout du monde. La Burj Khalifa était édifiée sur du sable. J'essayais de trouver le sommeil en me répétant ces évidences à l'infini.

Ce fut un étrange vendredi à DogDogWalk, une de ces journées dont on devine dès le matin, sans trop savoir pourquoi, qu'elles seront différentes des autres. Charistéas était empêtré dans ses derniers emplois du temps et ses nombres premiers, deux employés vidaient leur récolte de cigares avant de remplir leur fiche de sortie, quant aux chiens, accoutumés à leur curieuse vie, ils attendaient l'heure de la balade, cette petite parcelle de liberté qui leur était allouée.

Le temps avait radicalement changé et nous avancions à grands pas vers le printemps. La neige avait disparu, laissant derrière elle une herbe vautrée et jaunie que n'avaient pas encore réussi à ranimer les premières grosses pluies. J'enchaînai deux sorties individuelles en compagnie de petits animaux fragiles et délicats, créés pour les salons de thé, affublés de noms immodestes, Venezia et Pompadour, et une promenade collective avec trois chiens, solides et traînards, eux, qu'il fallait sans cesse tirer pour les arracher à leurs quêtes olfactives. Truffe collée au bitume ils scannaient la moindre odeur et rien ne les captivait autant, évidemment, qu'une vieille auréole d'urine déposée là par un congénère de passage. Que retiraient-ils comme informations de ces effluves ? À en juger par leur concentration, elles semblaient riches, variées, et porteuses d'un enseignement précieux.

— Bréguet a encore appelé. Il demande pourquoi ce n'est plus vous qui ramenez Charlie, le soir. Il m'a dit qu'il avait le sentiment que vous l'évitiez.

— C'est exactement ce que je fais.

— Le mieux serait que vous lui disiez franchement que vous n'irez pas à Toronto et que vous ne ferez plus de concours.

— Mais je vous l'ai déjà dit.

— Oui, je sais, mais il faudrait que ce soit vous qui le lui disiez. Vous-même. Qu'est-ce que vous faites, maintenant ? Vous pourriez vous charger d'une sortie groupée d'une heure qui n'était pas au programme ? Avec ce temps les chiens ne tiennent plus en place. Ça ne vous ennuie pas ?

— Je prends qui ?

— Charlie, votre ami Julius – de Lappe sera content –, et le petit Watson qui ne vous encombrera pas beaucoup.

Au fond de moi, j'aimais bien cette île et cette ville. Elles étaient sans histoires, faciles à vivre. Sans doute était-ce parce que le froid s'en était allé que je ressentais ainsi les choses. Le soleil brillait, le ciel du nord était devenu bleu et la terre exhalait une odeur qui ne trompait pas. Les chiens paraissaient heureux d'être ensemble et en vie.

Nous marchions tous les quatre le long du fleuve. Charlie en meneuse, Julius derrière, et Watson, fidèle à lui-même, pareil à un insecte énervé par le regain, se faufilant entre les pattes des grands.

Ce matin-là, avant de partir sur l'île, j'avais téléphoné à Wagner-Leblond pour lui dire que j'avais lu l'article relatant l'incident de Dubaï.

– Comme vous avez pu le noter, j'avais mis un petit onglet sur cette histoire concernant l'émirat afin qu'il retienne votre attention.

– J'ai été bouleversé en le lisant. Ça a fait remonter tout un tas de choses. En fait je vous appelais pour vous annoncer que j'avais décidé de me rendre là-bas.

– Vous êtes sérieux ?

– Absolument. Je veux prendre cet ascenseur. Faire juste la montée et la descente. Deux minutes, aller-retour. Monter, descendre et rentrer.

– Mais pour quelle raison, grand Dieu ?

Sans doute parce que à mon poignet droit, ma montre indiquait toujours la même heure. Et parce que aussi j'avais vu. Et que les images étaient en moi. Et qu'elles y resteraient à jamais. Fermées de l'intérieur. Verrouillées. J'en étais le gardien. J'en étais le prisonnier.

Ces trois chiens étaient mes préférés. Chacun à leur façon, ils manifestaient une appétence pour le bonheur qui me réjouissait. Malgré l'existence rétrécie qu'on leur infligeait, ils demeuraient des animaux équilibrés, sains, fidèles à leurs gènes, bien loin de ces bêtes urbaines et névrosées qui faisaient la joie des vétérinaires mondains et de leurs affidés, les comportementalistes. L'autre particularité de ces trois-là était d'avoir résisté à l'emprise et à l'influence de leurs maîtres. De Lappe avait fait l'acquisition d'un chien spectaculaire, voyant, à

l'image de sa vêture anglaise, de sa voiture alle-
mande, de sa compagne slovaque, et d'une foule
d'autres accessoires, petits ou grands, désirés et
achetés dans le seul but d'être montrés et expo-
sés. L'akita était juste l'une des pièces, parfois
problématique, de sa collection. Pour Charlie, le
cadre était autre. Un psy désireux de se rache-
ter une conduite après avoir, sa vie durant, vendu
des tas d'automobiles, et qui, lassé de ses patients,
découvrait soudain le louche frisson du concours
canin et de l'exhibition toilettée. Cudmore, lui,
était une brute, un butor fortuné, tranchant dans
les problèmes avec un hachoir de boucher. Il voci-
férait, dirigeait, commandait, exigeait et martyri-
sait ceux qui l'approchaient. Watson était, parmi
d'autres, l'un de ses souffre-douleur. Je me demandais comment des animaux soumis à de telles varia-
tions, à de pareilles influences, parvenaient à rester
stables, disponibles, et à nous garder une part de
leur confiance. Je voulais croire que cela tenait à la
configuration de leur mémoire qui possédait peut-
être cette capacité à dissoudre l'écume des jours, à
oublier ce qui n'était pas essentiel, à cultiver cette
aptitude à renaître chaque jour, à repartir de zéro.

De temps à autre, pour me rappeler sa présence, Watson mordillait le bas de mon pantalon.
Les grands, eux, avaient passé l'âge de ces enfan-
tillages et reniflaient les abords du chemin qui les
menait droit vers le printemps. Nous avions depuis
longtemps dépassé les limites des circuits de promenade autorisés. Nous marchions désormais en territoire interdit, avançant dans la jungle excitante de

la réprobation et des interdictions. Ici, sans doute en raison d'une exposition plus favorable, l'herbe avait déjà reverdi. Les chiens semblaient emplir leurs poumons de l'odeur de chaque brindille nouvelle, avant de se rouler sur le sol avec cette exubérante animalité qu'auraient tant réprouvée leurs maîtres. Je m'étais assis par terre au milieu d'eux, les caressant à tour de rôle, partageant ce simple moment de paix, près d'un fleuve, au cœur d'une île et sous le soleil. Je n'avais à l'esprit aucune pensée construite, ni craintes ni pressentiments, seulement la persistance d'un lointain et informel mirage. J'étais dans une petite principauté et je rêvais d'un émirat.

J'avais cherché sur Internet les compagnies aériennes desservant Dubaï à partir de Montréal. Il n'existait aucun vol direct. Il fallait faire escale à Paris, Londres ou Amsterdam avant de piquer vers le sud, Dubaï et la Burj Khalifa.

Ce fut Charlie qui, d'abord, s'ébroua, suivie de Julius. Nous reprîmes notre marche sur le sentier bordant le Saint-Laurent. Nous étions à l'heure de la pause-déjeuner et les avaleurs de kilomètres pratiquaient leur jogging quotidien. De temps en temps, nous en croisions un courant avec son chien, et qui, d'instinct, s'écartait en voyant l'akita.

Je ne saurais dire qui aperçut l'autre en premier. Ni la façon dont mon cerveau géra ma trajectoire et celle des chiens jusqu'à notre point de rencontre. D'impact serait un terme plus conforme. Pourquoi cet événement se produisit-il justement ce jour-là, la seule fois où je bravais l'interdit en m'écartant

des zones de promenade balisées ? *Muss es sein ?*
Es muss sein. En quelques pas, nous nous retrouvâmes tous face à face, Anna, celui que je tenais
pour l'Ontarien, Charlie, l'akita, Watson et moi,
laisses en main, eczéma aux poignets, engoncé
dans ma tenue d'apparat, une cape embossée aux
armes de DogDogWalk.

Je vis alors le visage de ma femme se fragmenter
en une infinité de petits morceaux de haine semblables à des éclats de verre. Submergée de sentiments confus, privée un instant de ses moyens, elle
se contenta de verbaliser ce qu'elle voyait, mais
sur un mode interrogatif, comme si elle avait voulu
s'assurer que ce qui nous arrivait là était bien réel.

– Tu es en train de promener tes chiens ?

– C'est ça. Je travaille tout en profitant du beau
temps.

Se tournant vers l'homme qui l'accompagnait :

– Je vous présente mon mari, Paul Sneijder.
Paul, voici William Balshaw, un collègue de Bell.

C'est à ce moment-là de la cérémonie des présentations que les chiens commencèrent à tourner autour du couple adultère, les reniflant avec
une méfiance qui ne laissait rien augurer de bon.
Puis, comprenant qu'ils n'avaient rien à craindre
de pareilles gens, ils adoptèrent une attitude plus
désinvolte. En se retournant, Julius déposa un peu
de bave sur l'impeccable pantalon de l'Ontarien,
tandis que Watson improvisait une sorte de danse
tribale entre les jambes de ma femme.

– Tu pourrais faire attention, Paul !

Je ramenai Watson vers moi mais il repartit aussitôt virevolter entre les chaussures d'Anna dont il se mit à mordiller les talons.

– Vous travaillez sur l'île ?

L'Ontarien faisait ce qu'il croyait devoir faire, c'est-à-dire éviter à tout prix qu'un silence embarrassant ne s'installe entre nous durant cet impromptu du bord des eaux.

– À deux pas d'ici. Je suis dog walker.

– Dog walker ? Vous promenez des chiens ?

– Exactement.

– Vous avez monté votre entreprise depuis longtemps ?

– Je n'ai pas d'entreprise. Je travaille pour un patron.

– Paul, j'aimerais que tu me débarrasses de cet animal.

Ce que ma femme désirait par-dessus tout, c'était que je disparaisse, que je quitte ces lieux avec ma troupe, que je retourne dans ma réserve, là où l'on m'avait cantonné, de l'autre côté du bois, sur ce versant où l'herbe était encore pâle et couchée. Ce territoire lointain que je n'aurais jamais dû quitter. L'Ontarien ressemblait à l'idée que l'on pouvait se faire d'un majordome écossais élevé dans le comté de Glamorgan. Teint de craie, cheveux rubigineux, dentition réalignée, regard fixe, mains de serrurier.

– Ce sont de beaux chiens.

– Ils sont gentils.

– Qu'est-ce que c'est comme race ?

– Lui, un akita. La chienne une golden et le petit, un petit chien.

– Ils ont l'air de bien vous aimer.

198

– Ils se sont habitués à moi.

C'était donc à cet homme timide, embarrassé, aujourd'hui si attentif à mes pensionnaires, que je devais d'avoir mangé de la volaille, deux fois par semaine, toutes ces dernières années. C'était encore lui qui, avec la régularité d'une horloge, baisait ma femme tous les mardis et vendredis. Je l'imaginais mal lui faire ces choses qu'elle aimait de la façon dont elle les désirait. Et pourtant il devait y exceller. Sinon, à quoi bon taquiner l'Écossais.

– Paul, ce chien, bon Dieu !

Emporté dans sa sarabande, Watson avait entortillé sa laisse autour des chevilles de ma femme qui semblaient prisonnières d'un sommaire *bondage*. Tandis que je m'accroupissais pour défaire le lien, je vis William saisir la main d'Anna pour lui éviter de perdre l'équilibre pendant qu'elle était encore entravée. C'était un geste de pure bienveillance, dépourvu de la moindre ambiguïté, et cependant il me parut porter en lui quelque chose d'obscène. Lorsque je me relevai, l'Ontarien tenait encore Anna du bout des doigts, pour la forme. C'est au moment où j'essayais de regrouper mes chiens que Julius, mon précieux akita, fit un pas de côté. Se rapprochant ainsi, à le frôler, de William Balshaw, il adopta la position caractéristique de l'animal dans le besoin, queue redressée, pattes arrière fléchies, oreilles rabattues, regard absent, et déposa un estimable module, mettant un terme définitif à cette réunion de famille qui n'aurait jamais dû avoir lieu. Le visage d'Anna devint écarlate et celui de Balshaw crayeux à souhait. Elle dit :

– Il faut y aller si on ne veut pas arriver en retard à la réunion.

Lui recula d'un pas, lentement, en prenant bien soin de ne rien bousculer, d'éviter l'étron, et ajouta :

– J'ai été ravi de vous connaître.

Aussitôt qu'il eut dit ces mots, je pensais au bouton d'ouverture et de fermeture des portes d'ascenseur. William était sûrement le genre de type à appuyer et appuyer encore jusqu'à ce que les portes enfin coulissent et lui donnent la conviction, la certitude qu'il avait la main. Qu'il dominait son sujet. Qu'il était l'homme de la situation. Qu'il faisait vraiment partie des cadres à *haut potentiel*.

Ils repartirent par le même chemin que celui qu'ils avaient emprunté pour venir. Le cigare était là. Il m'attendait. J'enfilai ma main dans le gant de plastique, m'accroupis et saisis la chose avec toujours ce même frisson de honte, d'humiliation. C'est alors que William Balshaw se retourna. Il me vit, un genou à terre, une merde de chien dans la main. Il me vit la glisser dans le sac de transport. Il me vit m'en retourner avec mes chiens et ma cape d'entreprise. Floquée dans le dos. Avec toujours la même inscription : « DogDogWalk ». C'était facile à retenir. Je pouvais être certain que jamais il ne l'oublierait.

NEUF

Lorsque je revins au bureau, Bréguet m'attendait dans le hall. Il était souriant et caressa sa chienne avec affection. Il m'adressa des signes amicaux. Je savais parfaitement pourquoi il était là et ce qu'il voulait.

— Vous avez un moment, Paul, il faudrait que nous parlions.

— Je sais ce que vous allez me demander. Mais la réponse est non. Je l'ai dit plusieurs fois à Charistéas. Je ne fais plus de handling.

— Vous ne pouvez pas arrêter comme ça. Faites au moins Toronto. Faites-le pour moi. Après, il sera toujours temps de décider.

— Désolé.

— Écoutez-moi, Paul. Si vous venez à Toronto, on peut gagner. Avec vous, tout est possible. Sans vous, la chienne et moi, on n'est rien, c'est fini, ce n'est même pas la peine. Entre Charlie et vous, il se passe quelque chose d'exceptionnel. Les gens le voient. Les juges le voient. Il n'y a que vous qui restez aveugle à ce qui se passe. Bon Dieu, ouvrez les yeux !

— Il ne s'est rien passé du tout. J'ai fait ce concours, raide défoncé, je dormais à moitié. Si

201

vous ne m'aviez pas réveillé, je serais encore couché dans les gradins. C'est ça qui s'est passé et rien d'autre. Des handlers, il y en a partout, ce n'est pas ce qui manque. C'est votre chien qui plaît, pas le type qui le tient en laisse.

— Mais vous n'y connaissez rien ! C'est le couple qui compte, l'osmose, cinquante cinquante ! La chienne sans vous redevient un animal comme les autres. C'est vous qui lui permettez de s'exprimer comme elle le fait.

— Tout ça, ce sont des conneries. Je ne fais plus de concours. Ni pour vous, ni pour personne. Je trouve ces exhibitions ridicules, c'est tout.

— Vous me décevez beaucoup, Paul. Je crois que je me suis totalement trompé sur vous. Vous manquez de générosité et de classe. À partir d'aujourd'hui, je vais donner des consignes strictes à Charistéas : j'interdis que vous promeniez Charlie, je ne veux plus que vous la touchiez.

Tandis que le ton montait, je voyais le Chypriote replié dans son bureau, comme aux temps de l'occupation turque. Ses doigts allaient et venaient sur sa calculette. Il n'établissait aucune facture, ne calculait pas davantage le montant d'une taxe. Il farfouillait dans sa liste de nombres premiers, recherchant la pépite, le petit bijou réversible avec un six en son centre pour jouer les charnières.

— Entendu. Maintenant foutez-moi la paix.

— Vous savez ce que vous êtes ? Un cinglé. Un vrai cinglé doublé d'un minable. Un minable complet.

C'était un mauvais vendredi, une de ces journées qui peuvent bousculer l'ordre d'une vie. Bréguet avait dit quelque chose qu'il ne fallait pas, un jour où il n'aurait pas dû. Moi qui ne m'étais jamais battu, je me jetai sur le psychanalyste comme l'aurait fait l'akita. Avec toute la sauvagerie dont pouvait faire preuve un chien de combat. Il fallut deux employés et toute l'énergie de Charistéas pour venir à bout de cette primitive animalité et nous séparer. Dans les cages, les chiens aboyaient. Défait, hirsute, le psychanalyste ressemblait à un concessionnaire sorti indemne d'un accident de voiture.

Charistéas fit alors entrer Bréguet dans son bureau. Il parlementa longuement avec lui. J'en profitai pour faire le tour des cages et me calmer auprès des chiens. Charlie et Watson s'allongèrent près de moi. Je les caressai. L'odeur de leur pelage imprégnait mes mains. Je sentais la chaleur qui se dégageait de leurs corps. À intervalles réguliers, la langue de la chienne glissait avec affection sur le bout de mes doigts. Je savais que je leur faisais là ma dernière visite, que nous ne nous reverrions pas.

– Mais bon Dieu, Paul, qu'est-ce qui vous est passé par la tête ? Comment avez-vous pu faire une chose pareille ? Quelqu'un comme vous.

– Je suis désolé.

– Pourquoi lui avez-vous sauté dessus ?

– Il m'a insulté.

– Bréguet ? Il vous a insulté ?

– Bon, écoutez, ça n'a plus aucune importance, ce qui est fait est fait.

– Si, ça a de l'importance, parce que après ce qui s'est passé, je ne sais pas comment je vais pouvoir vous garder, moi. Bréguet exige que vous partiez. Sinon il me retire son chien. En plus il m'a menacé de raconter partout ce qui était arrivé et de révéler que j'employais un type dangereux, complètement fêlé. Bon sang, tout marchait si bien, qu'est-ce qui vous a pris ?

– Rien, il n'y a pas de problème, je m'en vais et l'incident est clos. Je suis navré de vous avoir causé tous ces ennuis.

– Vous ne voulez pas me répéter ce qu'il vous a dit pour vous mettre dans un tel état ?

Je marchai jusqu'à l'arrêt de bus situé près du campus de Bell. Je vis les employés sortir de ces grands bâtiments et rentrer chez eux. Ils avaient une voiture personnelle et une vie privée. La plupart étaient mariés et avaient des enfants. Certains trompaient leur femme et d'autres leur mari. Et tous rêvaient d'une existence meilleure, un jour. Je regardai toutes ces fenêtres éclairées dans les tours, près du fleuve. À l'intérieur de ces petits carrés de lumière, des gens se rapprochaient les uns des autres. Il en était ainsi depuis toujours lorsque la nuit tombait.

J'ignorais quand je reviendrais sur cette île, et si la compagnie des chiens allait me manquer. Je finissais une journée ordinaire. Je m'étais battu. Je n'avais plus d'emploi. Mon eczéma continuait son œuvre. Le bus quittait le boulevard René-Lévesque et prenait l'autoroute Bonaventure. Les grands immeubles de Montréal se dressaient derrière les silos de Canada Maltage. À côté de la Burj Khalifa, on aurait dit des cabanes à outils.

– Comment as-tu pu me faire une chose pareille ?

Anna m'attendait dans l'entrée. Embrasée de colère, la voix tremblante, elle marchait vers la fenêtre, faisait demi-tour, revenait vers moi au pas de charge, avant de repartir dans une autre direction et de buter de nouveau sur un mur imaginaire.

– M'humilier de la sorte devant un collègue de travail !

– En quoi ai-je humilié qui que ce soit ? Je me promenais juste avec des chiens.

– Tu te fous de moi, non ? Est-ce que tu t'es regardé ? Tu as vu de quoi tu avais l'air avec ces trois clebs stupides au bout de leur laisse ? À ton âge ? Avec cette cape ridicule ? Mais bon Dieu ! Tu vis où ? Tu es qui ? Tu as perdu la tête ou quoi ? Je t'entends encore dire de ta petite voix : « Non je n'ai pas d'entreprise, je travaille pour un patron. » Tu as raison, tu peux te vanter de ça ! À soixante ans tu promènes des chiens pour le compte d'un Grec !

– Un Chypriote.

– Ah, s'il te plaît, hein ! Et l'autre abruti d'animal qui dépose ses besoins, là, devant nous ! On aurait dit qu'il le faisait exprès ! Et toi qui le regardes sans broncher et qui ramasses tout ! Je t'assure, j'ai eu l'impression de vivre un cauchemar !

– Tu m'as vu ramasser ?

– Non, mais William Balshaw t'a vu, lui. Et pour qu'il m'en parle, je crois que ça a dû vraiment le surprendre, tu vois ! Quoi qu'il en soit, tu peux être fier, tu as réussi ton coup. Maintenant au moins, chez Bell, tout le monde saura que le mari de l'une des responsables du laboratoire de commande vocale est un type qui gagne sa vie en promenant des chiens et en ramassant leurs petites affaires. Comme tu t'en doutes, bien sûr, c'est excellent pour mon image à l'intérieur de l'entreprise. En tout cas, ça ne peut plus durer.

– Sincèrement, je me fous de ton image à l'intérieur de ta boîte. Et puis, de toute façon, c'est réglé. J'ai quitté mon travail, ce soir. Je me suis battu avec un client, et après ça Charistéas ne pouvait plus me garder.

– Tu t'es battu ? Mais pourquoi ?

– Rien, une histoire de chien.

– Tu t'es battu pour un chien !?

– Bon, écoute, ça n'a aucune importance. C'est ce psy qui me harcelait depuis des jours pour que j'amène son chien à un concours à Toronto. J'ai refusé, le ton est monté et voilà. Excuse-moi, mais je vais prendre une douche. J'ai le cou et les bras en feu.

– À soixante ans, tu te bats avec un psychanalyste pour une histoire de concours de beauté pour chiens ? Non, mais tu te rends compte de l'univers dans lequel tu vis ? Tu en es conscient ? Tes ascenseurs, tes cendres, et maintenant tes bagarres d'ivrogne ? Cette fois je crois que tu as touché le fond. Tu sais ce que tu es, Paul ? Un minable.

C'était la seconde fois de la journée que l'on m'attribuait ce qualificatif. Cela me parut quelque peu abusif, surtout si l'on considérait les mérites et qualités de ceux qui me jugeaient ainsi. Tandis que l'eau chaude apaisait à la fois mes démangeaisons et mon ressentiment, je songeai qu'à aucun moment je n'avais essayé de mettre ma femme en difficulté en évoquant sa relation adultérine avec l'Ontarien. Sans doute cet Écossais esquissé remplissait-il des tâches que je n'étais plus à même d'assumer, qu'elles fussent sexuelles ou affectives. En quelque sorte, il prenait le relais, il assurait la permanence du service, la continuité de l'État. Au bord de l'eau, il m'avait eu l'air plein de bonne volonté. Presque conciliant. Il avait au moins fait semblant de s'intéresser aux chiens. Il paraissait vaguement regretter quelque chose, être embarrassé de se retrouver dans cette situation, face au mari de sa maîtresse, pauvre bougre déguisé, employé à de peu gratifiantes tâches animalières.

Je pouvais très bien comprendre que ma femme me déteste. Et même qu'elle ait honte de moi. La seule chose qui me surprenait, c'était qu'elle l'exprimât aussi franchement.

Je passai la soirée sur Internet à consulter, sur les sites de diverses compagnies, les horaires des vols pour Dubaï. Tous étaient incommodes, avec des escales interminables. Pour me convaincre d'endurer ce périple, je regardai sur You Tube une vidéo de l'ascension de la Burj Khalifa filmée depuis l'immense ascenseur de la tour.

Allongée à mes côtés, Anna dormait. Balshaw devait en faire autant. Il n'y avait que moi qui gardais les yeux ouverts, qui tentais d'envisager la suite. Je me souvenais de la phrase qu'une femme extraordinaire m'avait dite, il y a bien longtemps, du temps de ma jeunesse. À l'époque, elle trompait vaillamment son mari avec moi. Quand je l'avais interrogée sur l'inconfort de sa situation, elle avait tranché la question par ces simples mots : « Ne t'en fais pas. Je trouve que tous les trois nous formons un très beau couple. »

Après tout, Anna, l'Écossais et moi n'incarnions-nous pas, nous aussi, une sorte de sainte trinité complémentaire, où seraient répartis à parts égales, charges et profits, actifs et passifs ? Eux dormaient. Je ne le pouvais pas. Trop occupé, sans doute, à élaborer les statuts de notre association.

De bonne heure, le lendemain, je mis un peu d'ordre sur mon bureau, classai dans une chemise neuve les articles sur la Burj Khalifa et achetai mon billet pour Dubaï sur le site Internet de la compagnie hollandaise KLM. Le départ était prévu dans deux semaines. Des vols impossibles, avec une escale de treize heures cinquante à l'aller, à Amsterdam Schiphol, et une de neuf heures vingt au retour. Mais, au moins, ces avions auraient-ils le bon goût de survoler le petit port de Scheveningen avec, dans un coin, la Sneijder Fabriek et ses bateaux d'acier, construits à l'unité par ce qui restait d'une famille aujourd'hui éparpillée au fil des divorces et décimée par la mort.

C'était ma première journée sans les chiens, sans cette routine cadencée, ces longues heures de marche. À force d'habitude, eux et moi formions des attelages cohérents, avançant d'une allure commune, chacun réglant son pas sur la foulée de l'autre. Certains chiens, pensais-je, semblaient indifférents à ces récréations. Ils suivaient la cadence comme l'on marche en rang. D'autres au contraire témoignaient de leur bonheur tout au long de l'escapade.

Et puis il y avait Charlie et ses yeux débordant de tout ce qu'elle ne pouvait pas dire, Watson, tête de moineau, clébard adorable et cinglé, tout à la fois Barychnikov, Balanchine et Béjart, toujours à sauter d'une patte sur l'autre, et Julius, l'akita malfamé, yakuza redouté, qui m'avait pourtant adopté et n'écoutait que moi. À leur façon, ces trois-là veillaient sur moi. Ils étaient attentifs et auraient pu livrer une fidèle relation de mon effondrement.

Ces chiens étaient en moi. Je les aurais toujours à mes côtés.

Et s'il fallait ramasser, je ramasserais, chose que je n'aurais jamais faite pour les univitellins.

Je marchai seul dans les allées du jardin botanique, visitant entre autres l'arboretum où l'on pouvait constater les spectaculaires métamorphoses du printemps. Entouré de toute cette effervescence végétale, sans doute devais-je, moi aussi, éprouver ma part de renaissance. L'achat de mon billet d'avion m'avait en tout cas apporté une sorte d'apaisement, comme si je devinais que Dubaï était la destination finale d'une longue errance.

Je pensai à Charistéas. À cette heure-ci, ses petits doigts devaient tricoter des opérations impossibles sur sa calculette. Ou peut-être rédigeait-il une nouvelle annonce pour recruter mon remplaçant. Il savait que celui qui se présenterait aurait une vingtaine d'années et n'accepterait ce travail que pour se payer une décapotable. Il n'aurait pas d'eczéma mais refuserait de sortir Julius. Bréguet essaierait de le recruter pour Toronto. J'espérais que Charlie, elle, ne le regarderait même pas.

En quittant le jardin, je pris l'autobus pour le centre-ville, sans autre but précis que de traîner dans les rues. Ici était un autre monde. Tellement différent de l'indolence de l'île. Tout bougeait, la vie avait quelque chose de fiévreux et d'impérieux. Il fallait suivre, avancer, garder une cadence. Identifier les codes. Filtrer le flux des odeurs. J'en avais perdu l'habitude. Je regardais. J'écoutais. Je ne savais où aller. Il y avait un cinéma. Le film islando-japonais s'appelait *Cold Fever*, j'entrai.

Deuxième rang. Personne à côté de moi. Peu de spectateurs dans la salle, mais disséminés un peu partout. L'image était froide, emplie de neige et de glace. L'acteur paraissait ne rien comprendre à ce qui se passait autour de lui. Il répétait souvent « *Strange country* ». Il était tokyoïte et arrivait à Reykjavík. Autour de lui des gens chantaient des cantiques de Noël. Puis ce fut comme si petit à petit les images se vidaient de leur contenu. Rien de ce qui m'entourait n'avait plus la moindre consistance. Je respirais avec difficulté, mon cœur battait dans ma gorge, je ruisselais de transpiration. Je voulus me lever, mais j'eus l'impression de m'être solidarisé avec le fauteuil, de n'être plus qu'un élément passif, une armature. J'étais enfermé. Inclus dans un bloc de résine. Et il y avait de moins en moins d'air. Comme à la SAQ. Comme dans l'ascenseur après l'accident. Il fallait sortir de la carcasse. Fermer les yeux et respirer. Je parvins à me redresser, à faire quelques pas dans l'allée et ensuite, en tâtonnant, à trouver la sortie. J'aperçus la lumière du jour, l'espérance de la rue, et je me ruai vers cet air libre qui pouvait de nouveau entrer et sortir de mes poumons, fouetter mon sang, mon courage et ma force. Je me mis à courir droit devant moi, comme un fuyard, aveugle au monde, traversant les carrefours, enjambant les trottoirs, jusqu'à ce que ma poitrine brûle, que tout mon corps soit en feu.

Je rentrai tard à la maison, ce soir-là. Dès que je posai un pied sous la véranda, les sirènes hurlantes me dénoncèrent à tout le quartier. Anna était assise dans le salon et faisait semblant de feuilleter un magazine dont les pages tournaient comme les pales d'un ventilateur.

– Tu pourrais prévenir quand tu ne rentres pas dîner.

– Je suis désolé. J'ai eu un petit malaise. Je n'ai pas vu le temps passer.

– Quel genre de malaise ?

– Comme à la SAQ, une crise de panique. Au cinéma, cette fois.

– Eh bien, je vois que tu vas de mieux en mieux. Mais j'imagine que ton neurologue, lui, te dira que ce qui t'arrive en ce moment est tout à fait normal et que tu es en pleine forme.

Je montai au premier étage prendre une douche et surtout appliquer un peu de pommade sur mes stigmates. Si le dermatologue avait vu juste, ces plaques disparaîtraient dans quelques jours. À l'instant où je sortais de la salle de bains, Anna, qui se trouvait sur le seuil de mon bureau, me tendit un document et dit :

– J'ai trouvé ce billet d'avion à ton nom, sur ton bureau. Tu peux me dire ce que ça signifie ?

– Si tu as « trouvé » le billet, comme tu dis, tu en sais autant que moi.

– Tu vas à Dubaï.

– Dans deux semaines.

– Et on peut savoir ce que tu vas faire là-bas ?

– Je vais voir l'ascenseur d'une tour de huit cents mètres. J'avais l'intention de t'en parler, de t'expliquer tout ça, mais tu as été plus rapide que moi puisque tu as « trouvé » mon billet électronique.

J'eus alors la sensation que ma femme tombait d'une hauteur encore bien supérieure à celle de la Burj Khalifa et que sa chute était sans fin. Elle entra dans la chambre, claqua violemment la porte pour la rouvrir presque aussitôt.

– Tu ne crois pas que plutôt que d'aller voir des ascenseurs à Dubaï – non, mais je crois rêver –, tu ferais mieux de prendre un avocat et de préparer sérieusement ton procès ? Parce que les fabricants de tes fameux ascenseurs, eux, ils ont déjà dû mettre deux ou trois spécialistes sur ton affaire.

– J'ai décidé de ne pas faire de procès. Je veux une transaction à l'amiable.

– Mais enfin ça n'a aucun sens !

– Comment sais-tu, toi, que ça n'a aucun sens ? Tu es dans ma tête ? Tu es dedans, c'est ça ? Tu ressens ce que je ressens ? Tu as vu ce que j'ai vu ? Tu étais dans la cabine ? De quoi tu te mêles ? Occupe-toi de ton putain d'Écossais et fous-moi la paix ! Je vais à Dubaï et tu n'as pas à te mêler de ça ! Et encore moins de la façon dont je règle mes affaires. J'irai à Dubaï et il n'y aura pas de procès. Chez Bell, tu fais ce que tu veux, tu coupes, tu tranches, c'est ton affaire. Mais dis-toi qu'ici ta commande vocale, elle ne marche pas. Je ne l'entends pas ! Rien ! Donne-moi ce billet !

Je lui arrachai le document des mains. Elle me regardait avec effarement. Sa bouche essayait de modeler une phrase, mais la plupart des mots lui manquaient. Je m'enfermai dans mon bureau. J'étais aussi essoufflé qu'après ma course à travers les rues de la ville. Mes mains tremblaient. Je pris l'urne contre moi.

Les yeux grands ouverts, allongé sur le lit, j'écoutais les bruits du dehors. Anna dormait. Anna dormait toujours. Rien ne pouvait altérer son sommeil. Pas même l'évocation de ce mystérieux Écossais dont elle ne pouvait supposer qu'il n'était en réalité, dans mon esprit, qu'un surgeon de son étalon ontarien. Quelle tête ferait-elle si demain matin le jardin était couvert d'oiseaux morts ? Et aussi le toit, et la rue. Je lui expliquerais qu'il faut ramasser les cadavres. Mettre un gant et ramasser. Les glisser dans le sac plastique. Et si on nous posait des questions, répondre qu'ils étaient morts de peur. Une crise de panique en plein ciel. Cela arrivait généralement la nuit. En particulier avec cette espèce aux mœurs grégaires. Insister sur le mot grégaire. Ne pas oublier de montrer les plumes rouges à l'articulation des ailes et appuyer sur le nom évocateur de « carouge à épaulettes ». La forte odeur de poisson ? Oui, nous la sentions, bien sûr, mais elle ne venait pas de chez nous. Nous n'avions que des oiseaux morts, pas de poissons. Quel bonheur ce serait de téléphoner aux jumeaux. Juste pour leur dire : *Les oiseaux sont morts et votre mère aussi.*

Votre mère surtout. Votre mère principalement. Elle
est morte et je la vois. Elle est allongée à côté de
moi. Elle a l'air bien, mais elle est morte. On dirait
encore votre mère. Mais elle est morte. Comment
fait-on pour les cendres ? La totalité dans une seule
et même urne, ou moitié moitié dans deux jarres ?
C'est vous qui appelez l'Écossais ou moi ? Il faut qu'il
sache que votre mère est morte. Qu'elle est là, allon-
gée, et morte. C'est peut-être compliqué pour vous
de lui dire franchement qu'il ne pourra plus l'enfi-
ler. Des fils ont du mal à dire des choses comme ça.
Que leur mère est morte et qu'elle ne pourra plus se
faire tringler. Il faudrait aussi prévenir le rôtisseur.
Je ne vous ai jamais parlé de ma première femme.
Elle, c'était quelqu'un. Pas comme votre mère morte.
C'est avec ma première femme vivante que j'ai eu
votre sœur. Vous vous souvenez de votre sœur ? Elle
s'appelait Marie. Elle n'avait rien à voir avec votre
mère. Marie était ma fille. Elle vous avait écrit un
jour pour votre anniversaire de jumeaux univitellins.
Deux petits porcs issus du même œuf de votre mère
morte, c'est ça que ça veut dire. Vous vous souve-
nez de cette lettre de votre petite sœur, les Keller ?
Si je me répète un peu, c'est pour être certain que
vous comprenez bien, que vous retenez chaque détail.
Votre mère morte, qui a transporté dans son abdo-
men les ridicules univitellins que vous êtes, détestait
tant ma fille qu'elle m'a toujours interdit de l'ame-
ner à la maison. Je n'ai eu le droit de vivre qu'avec
les cendres de ma fille morte. J'espère un jour vous
enterrer moi-même. Comme j'aurais aimé tuer votre
mère si elle n'était pas morte.

Je ne rêvais pas. Je pensais toutes ces choses. Elles coulaient de moi naturellement, suintant comme une mauvaise lave, un fiel incandescent qui recouvrait cette famille désarticulée, désossée, ma famille. Le jour se leva et la lumière entra dans la chambre avec douceur, comme si quelqu'un, dehors, tournait lentement le bouton d'un rhéostat.

Dans la cuisine, Anna et moi nous croisâmes à plusieurs reprises, faisant preuve en chaque occasion d'une grande capacité d'évitement. Mes poignets me démangeaient toujours autant. Cela faisait deux jours que je n'avais pas touché un chien.

La journée passa sans même m'effleurer et le soir tomba avec la même discrète douceur. Anna rentra de son travail avec des tas de dossiers qu'elle déposa sur la table de la salle à manger et qu'elle compulsa jusqu'à l'heure du dîner. Elle me demanda alors si je voulais des pâtes, je lui proposai de les préparer, elle insista pour se mettre aux fourneaux. Pareille bienveillance ne lui ressemblait pas. C'était une femme de guerre qui ne détestait rien tant que les armistices ou les redditions.

Le téléphone sonna au moment où nous nous mettions à table. C'étaient les jumeaux qui voulaient prendre de mes nouvelles. En me déchargeant de la confection du pesto, Anna voulait juste ménager leur entrée.

– Salut, papa, c'est Hugo.

– Tu vas bien ?

– C'est à toi qu'il faut demander ça. Maman nous a dit que tu avais eu une autre crise d'angoisse.

– C'est passé.

– Non, tu ne peux pas dire ça. Là, ça fait deux fois, c'est sérieux, il faut absolument que tu ailles voir quelqu'un. Ce n'est pas normal que ton neurologue prenne ces troubles à la légère. Tu dois aller en consulter un autre, crois-moi, je t'assure.

– Bon, écoute, c'est gentil, mais je sais ce que j'ai à faire.

– Justement, je pense que non. Et puis il y a autre chose. Maman nous a aussi fait part de ta décision, à propos de l'accident, de ne pas faire de procès et de négocier. Je ne sais pas si tu t'en rends compte, mais c'est une aberration. Juridiquement, c'est insensé, suicidaire. Qui est-ce qui t'a conseillé ça ?

– Moi.

– Franchement, papa, là ça ne va plus. Tu es en train de faire n'importe quoi. Avec tes crises à répétition, tes décisions incohérentes, ta façon de vivre vraiment bizarre, tu nous inquiètes beaucoup.

– Qui ça, nous ?

– Nicolas et moi. Je t'ai mis sur haut-parleur, il t'entend. Et il est d'accord avec moi. Tout ça n'est pas normal. Maman se fait du souci. Elle est réellement inquiète. Tu pourrais penser à elle, la préserver un peu, tu ne crois pas ? Il faut absolument que tu consultes un autre médecin et que, avant, tu ne signes aucun accord, aucun compromis, rien. En tant que professionnels, Nicolas et moi, nous t'affirmons que ne pas engager de poursuites est une folie pure dans ton cas. Tu es sûr de gagner. D'énormes indemnités. C'est sûr et certain. Quand même, n'oublie pas que tu as perdu ta fille dans cet accident.

Petite saloperie. C'est ce que je dis avant de raccrocher. Saloperie. Comme j'étais sur haut-parleur, la seconde partie de l'œuf entendit aussi. Comment cette petite vipère avait-elle osé dire une chose pareille ? Me dire une chose pareille. J'étais hors de contrôle. Je redevenais un akita. Un chien de combat. Comme l'autre jour face à Bréguet. S'ils avaient été devant moi, j'aurais déchiqueté mes fils. Avec mes propres dents. Je les aurais mis en pièces. Au lieu de quoi je pris le plat de pâtes et le fracassai contre le mur de la cuisine en hurlant. Je saisis ma veste, renversai une chaise et m'adressai à Anna : « Dis à ces petites putes de ne plus jamais m'adresser la parole. Tu entends, jamais ! » Et je sortis de la maison en poussant un cri sauvage qui fit taire instantanément le hurlement des sirènes.

Je passai une grande partie de la nuit dans un café près de la gare routière, tournant ma tasse de café entre mes doigts, avec cette même constance dont faisait preuve Charistéas quand il s'attaquait au bracelet de sa montre. Les heures paraissaient durer des jours. Des gens fatigués entraient, d'autres sortaient, certains s'endormaient sur les banquettes. J'essayais de réfléchir, de comprendre ce qui se passait, mais j'avais le sentiment que mon esprit ne pouvait plus rien retenir, que tout lui échappait.

Je revins à la maison, au matin, après qu'Anna fut partie à son travail. Je pris une douche et constatai à cette occasion que les plaques rouges autour de mes poignets avaient régressé et qu'elles avaient presque disparu à la base de mon cou. Je montai à l'étage, sortis le billet électronique de ma poche, et le posai bien en évidence sur mon bureau. Dubaï. *Es muss sein*.

Je relus machinalement quelques notes sans importance sur les ascenseurs de nouvelle génération qui, dans les grands immeubles, géraient de façon optimale les flux de voyageurs. Il suffisait d'indiquer, sur un écran, l'étage où l'on souhaitait se rendre et aussitôt le cerveau de la machinerie indiquait le numéro d'ascenseur le plus rapide pour nous conduire à destination. Des gens dépensaient des fortunes pour ça. D'autres passaient une vie à les concevoir. Et moi, mon temps à lire des nomenclatures et des rapports y afférant. Celui-ci par exemple. Il était établi qu'à l'intérieur d'une cabine les passagers changeaient souvent de place en fonction des entrées et sorties des occupants. Et cela dans l'unique but de se réapproprier un espace supplémentaire, d'optimiser leur « sphère de confort ». Pauvre de nous. Insectes prospères et négligeables. Soumis et sournois. Toujours en train d'opérer des calculs invisibles, de médiocres menées. De recalibrer subrepticement des surfaces. D'analyser la pertinence des déplacements. D'espérer des réappropriations. Nous étions ainsi, mesquins, avides, manœuvriers, dans les ascenseurs, comme dans la vie.

Je n'avais pas dormi de la nuit. Sur les pages des magazines, les lettres semblaient se ramollir et fondre sous mes yeux. Cette femme médiocre et ses deux clones piteux me volaient mon sommeil et saccageaient ma tête. Je pris deux somnifères puissants, m'allongeai, et bientôt, malgré le soleil de midi qui blondissait les lames du parquet, le sommeil m'emporta.

DIX

Je dormis tout le jour et la nuit qui suivit. Sans désemparer. Ni m'occuper des Keller, ce troupeau consanguin dont chaque membre devait en permanence renifler l'autre pour se garantir d'exister. Au réveil, la maison était vide et il pleuvait. Dehors, j'entendais le chuintement caractéristique des pneus des voitures sur la chaussée mouillée. Le bruit n'était jamais le même. Il variait selon l'intensité de l'averse. Il faisait partie de ces petites aspérités sonores qui parfois rompaient le silence de la solitude. Je passai la journée à mettre de l'ordre sur mon bureau, à tout ranger et à classer mes archives dans des chemises différenciées. Ma recherche était maintenant quasi achevée. Il me restait à faire ce voyage en Arabie et après le dossier serait clos. D'ici là, je devais répertorier toutes les parties démontables de la cabine de l'accident. Je possédais la nomenclature complète des pièces détachées du fabricant ainsi que le numéro de référence du modèle de l'ascenseur. Lister chaque élément ne serait qu'une question de concentration et de patience. Ensuite, je pourrais m'envoler l'esprit tranquille.

Lorsque Anna rentra de chez Bell, j'éprouvai le besoin de quitter la maison, de lui laisser la jouissance de ses meubles et de ses murs. En me voyant sortir, elle dit :

— Tu ne manges pas là ?

— Non.

— Il faut que je te parle.

— Une autre fois.

L'air était frais, vivifiant, chargé d'humidité. On le sentait nettoyé de toutes les impuretés de la ville par les averses successives de la journée. J'allai prendre un repas rapide dans un restaurant portugais situé non loin de la maison. L'atmosphère était familiale, comme d'ailleurs la cuisine, parfumée, avec une forte prédominance d'ail. Puis je marchai un long moment sur Sherbrooke-est, dans le seul but de profiter du bon air et de la nuit. Respirer librement. Être au calme. Il ne me manquait que la compagnie de mes chiens. Ici, je les aurais laissé faire leurs besoins où ils le voulaient et je n'aurais rien ramassé. Absolument rien. J'aurais attendu de pied ferme que les maîtres et les adeptes de la verticalité, les chantres de l'entassement, de l'empilement, les thuriféraires du concentrationnaire, viennent me faire la morale sur mes incivilités, ma violation des codes de sociabilité.

Vivre ensemble. C'était déjà impossible de coexister avec sa propre famille. La vie était un sport individuel. On pouvait mourir ensemble dans un ascenseur. Pas y vivre. Supporter l'autre était toujours un supplice intime. Surveiller son territoire. Recalculer sans cesse. Pour le reste, les chiens chiaient. Et voilà tout.

Du trottoir on ne voyait que ça. Toutes les pièces de la maison étaient éclairées. On eût dit qu'Anna donnait une réception. Lorsque je poussai la porte d'entrée, un petit cercle bavardait à son aise dans le salon. Il y avait la mère, sans doute organisatrice de cette réunion. Les univitellins qui avaient traversé l'Atlantique au pas de charge. Et un homme, assez élégant, sans âge véritable, que je ne connaissais pas. Je n'avais aucune idée de ce qui était en train de se tramer, sinon que tout ce monde s'était visiblement déplacé pour moi et m'attendait.

– Qu'est-ce que vous faites tous là ?

– On est venu te voir, papa. Prendre de tes nouvelles. On était inquiets. Je te l'ai dit l'autre soir.

– Vous avez pris l'avion juste pour venir me voir. Et lui, qui est-ce ?

– C'est le docteur Laville. Un excellent spécialiste. C'est un ami d'un collègue de maman, et il a eu la gentillesse de se déplacer ce soir pour te voir.

– Un spécialiste de quoi ?

– Il travaille à l'hôpital Louis-Hippolyte-Lafontaine. Il est chef du service de psychiatrie.

– Allez, dehors. Vous sortez tous de chez moi.

– J'aimerais que tu te calmes, papa. Tu n'es pas dans ton état normal en ce moment. Ça dure depuis trop longtemps et ça ne fait qu'empirer. Tu ne te rends pas compte. Ce n'est plus possible. Tu dois accepter d'aller te faire évaluer demain à l'hôpital. Simplement passer une évaluation.

– Foutez-moi tous le camp. Dehors, tous ! Et toi, petit con, si tu m'adresses encore une fois la parole, si tu dis un mot de plus, je t'arrache la tête et celle de ton putain de siamois avec.

– Monsieur Sneijder, gardez votre calme, dit le psychiatre. Je ne suis là que pour vous aider. Comme nous tous ici. Ne voyez aucune coercition dans ce que vous proposent vos enfants. Il s'agit d'un simple bilan. D'un examen de routine. Vous n'avez pas à être inquiet. D'ailleurs, après un accident comme le vôtre, vous auriez dû faire l'objet d'un suivi régulier.

– Bon, vous, écoutez-moi : j'ignore qui vous a fait venir ici et ce qu'on vous a raconté, mais à présent ça suffit, la consultation est terminée, vous ramassez vos affaires et vous dégagez. Et vous en profitez pour embarquer ces deux petites merdes avec vous.

– S'il te plaît, papa. Tu nous parles autrement. Je sais que tu passes tes journées à en ramasser, mais ce n'est pas une excuse. Tu n'as pas à nous traiter comme ça. Nous sommes tes fils. On est ici chez nous.

J'ignorais pourquoi Nicolas avait dit ça. À moins que ce ne fût Hugo. Mais, de toutes les façons, c'était inexact. Les bessons n'étaient pas mes enfants. Juste une aberration spermatique, une fuite intempestive de liquide séminal. Ils ne représentaient rien pour moi. Des inconnus, de purs étrangers. Qui ne faisaient que passer dans cette maison. Comme des livreurs. Des installateurs d'alarmes. Marie était la seule à pouvoir prétendre y vivre. Et partager l'étage avec moi. Veiller sur mes dossiers et mon billet d'avion. Je me retournai vers les siamois et, mobilisant toutes mes ressources, frappai au hasard dans ce tas filial, quasi palindromique lui aussi, tant la malignité de l'un pouvait se superposer à la perfidie de l'autre. L'instant d'après je me retrouvai au sol, ceinturé, immobilisé par trop de mains hostiles. Je parvins à tourner la tête et aperçus le psychiatre qui s'apprêtait à faire ce pourquoi il était venu. La piqûre fut indolore et mes muscles devinrent immatériels en l'espace de quelques secondes. La seringue m'avait injecté son poison. Je voyais le monde au repos. Les autres étaient autour de moi. Ils parlaient mais je ne comprenais pas tout ce qu'ils disaient. Un peu plus tard deux ambulanciers me sanglèrent sur un brancard. Je vis défiler le plafond de la maison sous mes yeux et l'on me glissa à l'intérieur d'un véhicule de santé. Nous roulâmes sans sirène, tranquillement. La personne qui était avec moi à l'arrière ne me disait rien. Elle me fixait, comme si j'étais une bête curieuse.

À mon réveil, ils étaient là, tous les trois, exactement dans la même disposition que le jour où j'étais sorti du coma, voilà des mois, dans une chambre semblable à celle-ci, ils étaient là avec leurs visages de Keller, leurs corps de Keller, leurs pensées de Keller, leurs ambitions de Keller, leurs sexualités de Keller. Ils voulaient voir le réveil de l'animal. D'autant moins agressif et dangereux, à présent, qu'il était en cage, derrière d'invisibles barreaux, prisonnier d'une habile combinatoire chimique, sans doute à base d'Atarax et d'Anafranyl. Ils étaient là, tous les trois, humant ce parent dénaturé qui n'avait eu de cesse, sa vie durant, de les encombrer. Il suffisait de les regarder pour savoir ce qu'ils souhaitaient et espéraient. Ce qu'ils convoitaient tant et que jamais je ne leur donnerais. S'ils désiraient cette chose à ce point, ils devraient venir me l'arracher eux-mêmes.

– Paul ? Tu m'entends ? On va te soigner. Ça va aller.

C'était le chœur formé par Anna et les deux méduses symbiotiques qui l'encadraient et lui ressemblaient tant.

Plusieurs jours passèrent. Peu à peu, les doses des drogues diminuant, je recouvrais une bonne part de ma lucidité. La vie dans cet hôpital psychiatrique était peu propice à fouetter l'espérance, mais je me devais de faire bonne figure, de me tenir droit si je voulais sortir au plus vite. Je n'oubliais pas Dubaï. Montréal-Amsterdam-Dubaï. Un jour, c'était certain. Et puis Laville me convoqua.

– Asseyez-vous, monsieur Sneijder. Je suis ravi de vous revoir et de constater que vous avez récupéré de votre petit raptus. Nous allons aujourd'hui faire, ensemble, le point sur votre situation. Je compte sur votre coopération.

J'avais connu un Laville autrefois. Médecin également. Mais qui travaillait sur l'os. Il n'avait d'autre ambition que de curer, visser, rabouter, redresser, faire œuvre utile. Redonner à chacun la grâce du mouvement, reconstruire le geste brisé. Ainsi reconstituée, grâce à sa patience et à ses outils, la vie pouvait reprendre son cours. À bien y regarder, ce Laville-ci était l'exact contraire de ce Laville-là, lequel ne mettait jamais les mains dans rien, n'usait d'aucune ferraille pour redresser les âmes qu'on lui avait confiées et qu'il se contentait de contraindre de loin avec des substances appropriées.

– D'abord je dois vous signifier un certain nombre de choses. Conformément à la loi, l'entretien que nous allons avoir maintenant tiendra lieu d'évaluation médicale dans une procédure d'inaptitude psychiatrique engagée par votre famille, puisqu'elle semble penser que vous n'êtes plus à même de faire cas de votre santé ni de gérer vos intérêts. Si votre inaptitude était reconnue, elle ne serait que provisoire et pourrait être levée en cas d'amélioration de votre état de santé. Avez-vous une question ?

– Ma famille a demandé que je sois mis sous tutelle, c'est ça ?

– En quelque sorte.

– Mais pour quelle raison ?

– Justement, c'est ce que nous allons essayer de voir ensemble. Je vais vous poser des questions factuelles et je vous demanderai d'y répondre le plus simplement possible.

Je compris alors que je n'irais pas à Dubaï, que mon billet resterait sur mon bureau, que je serais enfermé ici pendant des mois, peut-être des années. Le piège s'était lentement refermé sur ma vie. Je n'avais rien vu de ce que les Keller fomentaient. J'aurais dû demeurer dans l'ascenseur. Ils n'avaient jamais admis que j'en sois ressorti.

– Gardez-vous des souvenirs de votre accident ? Des images récurrentes ?

– Je n'ai rien à dire là-dessus.

– Avez-vous eu une crise d'angoisse au siège de la Société des alcools du Québec et vous êtes-vous enfui du bâtiment en courant ?

– Oui.

– Avez-vous connu un malaise identique, il y a quelques jours, dans un cinéma ? En êtes-vous, cette fois encore, sorti précipitamment ?

– Oui.

– Vous êtes-vous battu avec un client chez votre dernier employeur, DogDogWalk, je crois ?

– Oui.

– Pour quelle raison ?

– Rien. Une histoire de chien.

– Vous souvenez-vous d'avoir frappé l'un de vos fils, il y a une semaine ?

– Parfaitement.

– Vous êtes-vous battu récemment avec d'autres personnes ?

– Non.

– Souffrez-vous de problèmes de peau liés au stress ?

– J'ai des problèmes de peau, mais dus à une allergie aux chiens.

– Quel était votre dernier emploi ?

– Je promenais des chiens.

– Puis-je vous demander votre âge ?

– Soixante ans.

– Si vous souffriez d'une pareille allergie pourquoi, à votre âge, avoir justement choisi un travail aussi singulier ?

– L'allergie s'est déclarée après.

– Et pourquoi ce travail ?

— Je ne sais pas. J'aime bien les chiens.

— Accumulez-vous, comme il est dit ici, une foule de documentation sur les ascenseurs que vous consultez chaque soir, jusque tard dans la nuit ?

— Oui.

— Que recherchez-vous dans ces revues ?

— Je n'ai rien à répondre à cette question.

— Vous ne désirez pas répondre ou vous ignorez les raisons qui vous poussent à effectuer ces lectures ?

— Je ne désire pas répondre.

— Pourquoi ?

— Vous n'êtes pas qualifié pour juger de ce travail sur les ascenseurs.

— Vivez-vous en permanence avec les cendres de votre fille ?

— Je vois qu'ils n'ont rien oublié.

— La réponse est ?

— Oui. Je garde l'urne funéraire de ma fille Marie dans mon bureau.

— Avez-vous déclaré vouloir négocier un arrangement avec les compagnies Woodcock et Libra-lift, impliquées dans votre accident, et ce contre l'avis de tous les spécialistes ?

— Oui. Mais à quels spécialistes faites-vous référence dans votre question ?

— À vos fils qui sont, je crois, avocats.

— Ils sont surtout jumeaux.

— Avez-vous récemment acheté un billet d'avion pour vous rendre à Dubaï ?

— Oui.

— Dans quel but ?

– Prendre l'ascenseur de la Burj Khalifa, une tour de huit cent vingt-huit mètres.

– Pour quelle raison ?

– Comme précédemment, je pense que vous n'êtes pas qualifié pour juger de cette question.

Laville hochait la tête tout en prenant des notes, l'air faussement affairé, comme saurait l'être un concessionnaire Toyota au moment d'établir le grand total, incluant les charges, les taxes, les options, mais aussi le petit geste commercial censé adoucir l'ampleur du désastre.

– Je vais être franc avec vous, monsieur Sneijder. Je vais vous garder ici encore quelque temps. En outre les réponses que vous avez données à mes questions corroborent les allégations de votre famille mais témoignent aussi, selon moi, d'un assez grand désordre psychologique. En conséquence je vous déclare « inapte » et vais déposer devant la cour supérieure du Québec une ordonnance de traitement. Si la demande est accordée, ce qui est toujours le cas, je vous prendrai en charge sur le plan médical. Du point de vue matériel, c'est votre famille, c'est-à-dire votre épouse et vos enfants, qui gérera vos biens et vos intérêts. La loi veut que cette inaptitude soit prononcée pour une durée minimale de trois ans. Et elle n'est pas susceptible d'appel.

– Même en droit français ?

– J'ai soumis la question au service juridique de l'hôpital, puisque vous bénéficiez de la double nationalité. Mais on m'a répondu que, vivant et travaillant au Québec, étant souffrant et hospitalisé au Québec, vous étiez soumis aux règles et lois de cette province.

— C'est imparable. Ma femme et mes fils ont dû vous être d'une aide précieuse pour l'élaboration de votre questionnaire, non ?

— J'avoue qu'ils ont été très coopératifs.

3 juillet 2011, hôpital Louis-Hippolyte-Lafontaine

Je peux garantir l'exactitude absolue de l'entier
de ce récit. Je l'ai consigné dès le début : pour mon
malheur, ma mémoire est une machine infaillible. Je
n'oublie rien, j'archive tout. Rien en moi ne s'efface.
Les souvenirs demeurent aussi rouges que si l'on
venait de les trancher.

Je termine mon troisième mois d'enfermement.
Je n'ai rien de spécial à en dire. J'ai très vite compris la façon dont fonctionnait le système psychiatrique et la manière dont il fallait s'y comporter.
Exactement comme dans les ascenseurs. Toujours
faire des calculs invisibles pour améliorer sa zone
d'intimité. Guetter. Épier. S'adapter. Être mobile.
Ne jamais céder une place si l'on n'est pas certain d'en récupérer une meilleure. Et avant tout,
faire comme les autres. S'accommoder comme
on le peut de cette réclusion. Essayer de bien se
tenir. Être un patient modèle. C'est la seule façon
d'espérer sortir d'ici debout, la tête à peu près
claire. Souvent je songe au jour où je vais devoir

rentrer chez moi et vivre cloîtré dans ma camisole d'inapte. Emmuré vivant. Incapable de choisir et de décider quoi que ce soit par moi-même. Obligé à chaque fois d'obtenir l'aval de ma femme, l'imprimatur des Keller. Et en cas de refus, de provocation, surtout, alors, ne rien manifester, demeurer calme, impassible, sinon c'est le retour à la chambre d'hôpital, le questionnaire de Laville, une nouvelle ordonnance devant la cour et trois années d'humiliations supplémentaires. Au début j'ai fait une demande pour obtenir des exemplaires d'*Elevator World*. Cela m'a été refusé au motif que ce genre de lecture pouvait « favoriser le retour de comportements compulsifs ». À la même époque, j'ai aussi réclamé le droit de garder près de moi une partie des cendres de ma fille. Cette requête aussi a été rejetée : « Incompatible avec le traitement actuel et l'état du patient. En outre, interdit par le règlement. » J'ai appris qu'en mon nom, et après avoir rencontré Wagner-Leblond, les jumeaux avaient intenté une action en justice contre Woodcock et Libralift.

Je me demande si l'Écossais vient de temps en temps à la maison manger un peu de poulet « certifié ». S'il monte à l'étage, feuillette mes notes, s'il ouvre l'urne.

Je rencontre Laville en tête à tête, une fois par semaine. Nous avons des conversations qui ne mènent jamais à rien, mais au cours desquelles je m'applique scrupuleusement à lui dire ce qu'il souhaite entendre. Pour lui je suis « le cas Sneijder », le type de l'ascenseur, un cinglé parmi d'autres, un désaxé plus ou moins stabilisé et enregistré sous un numéro de dossier qui ne sera jamais un nombre premier. Il ne fait plus aucun doute pour moi que ce type est un imbécile. Je pense que c'est même la raison principale pour laquelle Anna l'a choisi. Je n'ai pas de nouvelles de Wagner-Leblond. Cela ne m'étonne pas. Les dispositions offensives des jumeaux lui interdisent désormais de venir me voir et même de me contacter.

Ma première sortie sera pour le jardin botanique. J'ignore en quelle saison se déroulera la promenade. Il faudra ensuite que j'aille à Dubaï. Pour cela je devrai attendre que l'on me délivre de mon inaptitude. Que l'on me rende mon visage et mon nom. Et mon passeport. Pour le moment, très peu de choses dépendent de moi. Je dois laisser faire le temps et m'en remettre aux autres. J'espère chaque jour la disparition de ma femme et l'anéantissement de ses fils. Je fais confiance au hasard. À celui-là même qui a détruit ma vie et déchiqueté ma fille. J'étais en bas. J'ai vu son œuvre. C'est pour cette raison qu'il me semble impossible que les choses en restent là. Qu'un autre accident tout aussi absurde et imprévisible, un jour, ne survienne pas. Je pense que c'est l'espérance de la mort de ces trois-là qui, chaque matin, me donne le goût et la force de vivre. Je ne suis pas fou. Je n'ignore pas que mes réponses au questionnaire de Laville m'ont condamné. Les Keller ont toujours su bien travailler. Et ils m'ont tout enlevé, jusqu'à ma fille, mon consentement et mon libre arbitre.

Je n'aurais jamais cru que les chiens me manqueraient à ce point, surtout les marches en leur compagnie. Parfois, lors de la promenade de l'après-midi, je reconstitue notre équipage et nous partons ensemble à bonne allure faire le tour de la cour. Et le fleuve nous suit. Et toute l'île est vierge. Et je n'ai plus besoin de laisse. Et nous sommes libres comme nous ne l'avons jamais été.

Durant nos sorties, je le répétais souvent aux chiens : j'étais le seul à savoir ce qu'il y avait en bas, le seul à avoir vu. C'est peut-être à cause de cela qu'ils me faisaient confiance. Et que les hommes se défiaient de moi.

Maintenant je n'ai plus qu'à attendre en silence ce que j'espère, et à obéir comme un animal domestique. Ils me tiennent en laisse. Me sortent à heures régulières. Je dois me concentrer sur l'essentiel : faire ce que l'on me dit. Redéfinir en secret ma place dans ce monde. Opérer des calcul invisibles. Recalibrer subrepticement des surfaces. Analyser la pertinence des déplacements.

Penser à l'envers.

Imaginer qu'ils ramassent.

Quand j'observe le regard des miens, en tout point identique à celui de mes gardiens, quand je vois leurs petits yeux d'humains me considérer comme une bête au dressage, j'essaye de conserver un peu de dignité et demeure seul dans mon coin, veillant à toujours garder la face tournée vers le mur.

Il me tarde de retrouver Marie. Je patienterai le temps qu'il faudra. Jusqu'à ce que chacun paye au prorata de ses fautes. Jusqu'à ce qu'une nuit une pluie d'oiseaux morts tombe sur cette ville. Jusqu'à ce que le fleuve charrie des milliers de cadavres de poissons. Jusqu'à ce que je sente ma fille vivante, partout, autour de moi, dans chacun de ces arbres et au fond de ces eaux.

Je voudrais exprimer toute ma gratitude à Gilles Mingasson, qui fut à l'origine de bien des choses et dont les courriers précieux, depuis bientôt vingt ans, me font partager une autre vision du monde depuis l'autre côté de la terre.

Que le docteur Laville, plusieurs fois évoqué dans ce livre, soit rassuré : celui qui charme les os, recrée le mouvement et que j'aime est bien mon ami d'enfance.

Quant à mes enfants, Claire et Didier, qu'ils n'aient aucune inquiétude : ils n'ont jamais été jumeaux.

J'éprouve toujours du bonheur à entendre les voix réconfortantes, amicales, mais bien trop lointaines de David Lagache, Jean-Baptiste Harang et Jean-Louis Roziès.

À Benoît Heimermann, dompteur de vagues scélérates, et à César Roldan, barreur impétueux, je demande pardon pour tous ces naufrages sans cesse remis.

Je voudrais aussi remercier chaleureusement Elodie et Philippe Morio pour leur élégance et leur gentillesse. Ils ont induit beaucoup de choses en m'offrant l'un des acteurs de ce livre.

Enfin, pour les conseils, la confiance et le soutien précieux qu'ils m'ont témoigné durant tant d'années, je serai toujours redevable envers Geneviève Laurent, Virginie Petracco, Laurence Renouf, Joëlle Bouhout, Pierre Hild et, bien sûr, l'homme aux tongs, Olivier Cohen.

Compte rendu analytique
d'un sentiment désordonné
Fleuve noir, 1984

Éloge du gaucher
Robert Laffont, 1987
et « Points », n° P1842

Tous les matins je me lève
Robert Laffont, 1988
et « Points », n° P118

Maria est morte
Robert Laffont, 1989
et « Points », n° P1486

Les poissons me regardent
Robert Laffont, 1990
et « Points », n° P854

Vous aurez de mes nouvelles
Grand Prix de l'humour noir
Robert Laffont, 1991
et « Points », n° P1487

Parfois je ris tout seul
Robert Laffont, 1992
et « Points », n° P1591

Une année sous silence
Robert Laffont, 1992
et « Points », n° P1379

Prends soin de moi
Robert Laffont, 1993
et « Points », n° P315

La vie me fait peur
Seuil, 1994
et « Points », n° P188

Kennedy et moi
prix France Télévisions
Seuil, 1996
et « Points », n° P409

L'Amérique m'inquiète
Chroniques de la vie américaine 1
« Petite Bibliothèque de l'Olivier », n° 35, 1996
et « Points », n° P2053

Je pense à autre chose
Éditions de l'Olivier, 1997
et « Points », n° P583

Si ce livre pouvait me rapprocher de toi
Éditions de l'Olivier, 1999
et « Points », n° P724

Jusque-là tout allait bien en Amérique
Chroniques de la vie américaine 2
Éditions de l'Olivier, 2002
« Petite Bibliothèque de l'Olivier », n° 58, 2003
et « Points », n° P2054

Une vie française
prix du roman Fnac
prix Femina
Éditions de l'Olivier, 2004
« Points », n° P1378
et Point Deux, 2011

Vous plaisantez, monsieur Tanner
Éditions de l'Olivier, 2006
et « Points », n° P1705

Hommes entre eux
Éditions de l'Olivier, 2007
et « Points », n° P1929

Les Accommodements raisonnables
Éditions de l'Olivier, 2008
et « Points », n° P2221

Palm Springs 1968
(photographies de Robert Doisneau)
Flammarion, 2010

RÉALISATION : NORD COMPO MULTIMÉDIA À VILLENEUVE-D'ASCQ
IMPRESSION : CPI BRODARD ET TAUPIN À LA FLÈCHE
DÉPÔT LÉGAL : SEPTEMBRE 2012. N° 108805 (69321)
IMPRIMÉ EN FRANCE